시맥의 창

시맥의 창

초판 1쇄   2020년 12월 18일

발행처   한국시맥문인협회
발행인   송윤주
편집장   박종규
편집위원   오세주

제작사   도서출판지식공감
브랜드   문학공감
등록번호   제2019-000164호
주소   서울특별시 영등포구 경인로82길 3-4 센터플러스 1117호(문래동1가)
전화   02-3141-2700
팩스   02-322-3089
홈페이지   www.bookdaum.com
이메일   bookon@daum.net

가격   12,000원
ISBN   979-11-5622-560-7 03810

문학공감은 도서출판지식공감의 인문교양 단행본 브랜드입니다.

2020 창간호

시맥의 창窓

한국시맥문인협회

詩로 眽을 이어가는
순수 시인들의 동인 시선 시집!

한국시맥문인협회는 전국에서 각자의 개성 있는 문학으로 꽃을 피우는 시인, 작가들이 모여 시로 맥을 〈詩眽〉 이어가는 삶을 아름다운 언어로 풀어내어 순수 문학의 열정으로 『시맥 동인지』를 담았습니다. 문인들은 詩眽을 기억하고 내면의 언어를 서로 감상하며 공감을 자아내는 순수한 열정이 담겨 있습니다.

한국시맥문인협회는 문인들의 갈무리한 작품을 독자들과의 소통 공간으로 할애 받은 〈이천신문, 초록뉴스〉 등 유수 언론에 시맥 세션을 구축하였습니다. 이에 준비된 활발한 활동으로 독자들의 사랑을 받으며 세상에 알려지고 있습니다.

언택트(Untact) 시대에 걸맞게 시맥은 『동인지』 창간으로 순수 문학의 아름다운 시상을 그리는 소중한 고마움을 전달하려 합니다.

여러분도 함께 동참해 주셔서 대한민국이 아름다운 문학으로 거듭나는 계기가 되길 소망합니다.

그 중심에 순수 문학을 추구하는 "한국詩眽문인협회"가 함께하겠습니다.

2020년 10월

한국시맥문인협회 대표 송윤주

시맥이여 영원하여라

… 송윤주

한 줄 시어로 우주의 이치를 깨달으려
잉태한 산고 끝 탄생한 그 이름 시맥이여

구름도 바람도 소리 높여 찬양하는 이 순간
문학의 맥을 다지기 위한 출발에서
우리는 무엇을 생각하고 있는가

21세기 우뚝하게 솟구치는 열망
전국에서 모인 시맥 문인들이여

아름다운 시심으로
모두가 하나 되는 그 날
뿌리와 전통으로 대한민국 밝히리라

출발의 동선에서 예술을 전하니
시와 음악이 흐르고 다가서는 이
감출 수 없는 기쁨으로 성장을 말하노니

아, 영원하여라 그 이름 시맥이여
보람과 긍지가 하늘을 감동케 하도다

산하에 제각기 융단 깔고
춤사위로 시어들을 기다리노니
지혜 찾아 그리움 전하는
한국시맥문인협회여
영원히 빛나는 별이어라

애독자 여러분들의 사랑을 받고자 동인지로 인사드립니다

　시인에게 있어 시는 은유적 산물로 자유로움과 언어의 조합에 있다고 하겠습니다.

　시는 비유와 상징으로 주제의 함축을 담은 언어의 파노라마입니다. 그러기에 시는 주체가 중요하며, 이러한 주체에 참여하는 구성원이 무엇보다도 중요합니다.

　다양한 독서와 사색으로 시를 구상하고 인내의 세월을 거친 후 탄생한 이번 한국시맥문인협회 첫 동인지를 축하드리며 참여하신 시인들께 큰 박수를 보냅니다. 자연을 배경으로 풍경을 담아 서정적인 시를 통해 내면을 표현한 이번 동인지는 그 아름다운 이야기들이 펼쳐져 있습니다.

　누가 말했던가?
　시는 그리움이고, 예술의 시작이라고…

　삶의 감수성을 그대로 담아 세상에 빛과 소금처럼 한 줄의 시어로 탄생시킨 한국시맥문인협회 시인들의 감성에 큰 축복을 보냅니다.

문학으로 운율의 곡조를 맞추어가며 일상을 시상으로 시맥의 자부심을 표현하여 세상에 내놓을 수 있게 되었습니다.

모쪼록, 우리는 言語로 하나가 되어 순수 문학을 추구하는 詩眽의 기본 원칙처럼 가장 큰 자산인 '詩를 통한 眽을 잇는 자리'를 얻었습니다.

그것이 바로, 여기에 동인지로 인사드리는 한국시맥문인협회입니다.

애독자 여러분들의 사랑을 받고자 동인지로 인사드립니다.
관심과 사랑으로 널리 알려주시길 부탁드립니다.

2020년 10월
한국시맥문인협회 수석부회장 오세주

차례

초대 시

오순택

- 전남 고흥 출생
- 〈시문학〉〈현대시학〉 추천으로 문단 등단(1966)
- 한국문인협회, 국제펜클럽한국본부, 한국아동문학인협회,
  한국동시문학회 이사, 계몽아동문학회 회장
- 수상: 대한민국문학상, 한국동시문학상, 계몽아동문학상,
  박홍근아동문학상, 한국문협작가상 등 수상
- 시집: 『그 겨울 이후』, 『탱자꽃 필 무렵』, 『남도사』 등
- 동시집: 『풀벌레 소리 바구니에 담다』, 『작은 별의 소원』,
  『부리 고운 동박새』, 『아기염소가 웃는 까닭』, 『공룡이 뚜벅뚜벅』,
  『바퀴를 보면 굴리고 싶다』 등

아름다운 이야기

쑥 잎 돋아나는 밭 언덕에서
진한 사랑 이야기나 하자
그리운 사람아!

귀를 열고
생명의 진의를 듣자

목숨은
엎질러도 흩어지지 않고
쉬어갈 수도 없는 것

부르면 먼 산이 메아리로 대답하고
인생은 매콤한 국물 맛인가

아름다운 사람아!
연둣빛 꽃잎 위에 잠든
바람이나 되자

어느 오후

꽃이 지고 있었다
어느 오후였다
바람은 꽃내음을 흘리고 갔다
뜰에는 다갈색 그늘이 지고 있었다
부리 고운 새가
꽁지를 까불고 있었다
아까부터 꽃잎은
귀를 오므리고 있었다

비운다는 것

바다가 출렁인다
만선의 후미를 따라오는
갈매기의 날갯짓은
춤사위인가
바다는 하얀 이를 드러내며 깔깔대고 있다
수평선 지퍼를 열면
파닥이는 생선들
비린내가 바다를 점령한다
갯벌을 비우는
바다의 뒤척임

달은 오늘도
바다를 비우고 있다

윤보영

- 경북 문경 출생
- 〈지구문학〉 동시 부문 신인상으로 문단에 등단(1998)
- 한국신시학회 회원 및 해토 동인, 지구문학 작가회의 회원
- 시집: 『소금별 초록별토방』, 『사기막골 이야기』, 『연가시집 시리즈』,
  『내 안의 그대가 그리운 날-연가1』, 『그리움 밟고 걷는 길-연가2』,
  『바람편에 보낸 안부-연가3』, 『그대에게 못다한 비밀-연가4』,
  『그대를 다시 만난다면-연가5』, 『그대가 있어 더 좋은 하루』

달과 그리움

내일 또
비가 내린다는군요
할 수 없이
가슴 한쪽에
달을 달았습니다

내리는 비에
그대 모습 흐려지지 않게

가을 연가

가을이
날 보고 수줍어
붉게 물들고 있다

나는
그대 생각에 수줍어
가슴이 타들어 가는데

가을 그리기

기분이 좋아요
기분이 좋다는 것은
가볍다는 뜻

가볍다는 것은, 그리움을
내려놓았다는 뜻입니다

내려놓았다는 것은
펼침이고
펼침은 넓다는 뜻

넓은 가을을 그렸습니다
나보다는
그대가 더 행복했으면 좋겠기에
어제처럼
들꽃으로 그렸습니다

기분 좋은 아침에
행복까지 덤으로 얻었습니다

허형만

- 전남 순천 출생
- 〈월간문학〉 시 등단(1973), 〈아동문예〉 동시 등단(1978)
- 국립목포대학교 국문과 명예교수
- 수상: 한국예술상, 한국시인협회장상, 영랑시문학상, 펜문학상,
  윤동주문학상 등
- 시집: 『황홀』, 『바람칼』, 『음성』 등 19권
- 일본어 시집: 『耳を葬る』(2014)
- 중국어 시집: 『許炯万詩賞析』(2003)
- 활판 시선집: 『그늘』(2012), 한국대표서정시 100인선 『뒷굽』(2019) 등

사랑론

사랑이란 생각의 분량이다. 출렁이되 넘치지 않는 생각의 바다. 눈부신 생각의 산맥. 슬플 때 한없이 깊어지는 생각의 우물. 행복할 땐 꽃잎처럼 전율하는 생각의 나무. 사랑이란 비어있는 영혼을 채우는 것이다. 오늘도 저물녘 창가에 앉아 새 별을 기다리는 사람아. 새 별이 반짝이면 조용히 꿈꾸는 사람아.

홍매

나무 의자 하나가
늙은 홍매 아래에서
온몸으로 꽃잎을 받는다
꽃잎 사이사이
꽃그늘도 받는다

꽃잎과 꽃그늘에 어린
한 삶이 저리 고울 수가 없다

파도

파도를 보면
내 안에 불이 붙는다
내 쓸쓸함에 기대어
알몸으로 부딪치며 으깨지며
망망대해
하얗게 눈물 꽃 이워내는
파도를 보면
아, 우리네 삶이란
눈물처럼 따뜻한 희망인 것을

장흥열

- 서울 출생
- 한국문인협회 낭송문화위원장, 국제PEN한국본부 문화예술위원,
  한국낭송문예협회장
- 한국문협평생교육원 강남문화원 서초문화원 대학 외 감성스피치 강의,
  전국시낭송대회 심사위원, 문예지도사(교육부 지정)
- 수상: 한국문학인상, 서초문학상, 한국작가낭송문학대상,
  대한민국브랜드대상(낭송부문), 명인문화대상, 부산낭송문학상 외
- 시집: 『연시, 그 절정』, 『미처 봉하지 못한 밀서』 외 공저 다수

여백

눈 덮인 지붕 위 서서히 일몰 내리고
물기 어린 눈빛 불그스레 물든다
저무는 하루는 언어의 파장이 굴절되는 창에 걸리고
저녁나절, 연기로 피어오르는 이내 속
한 점 수채화로 선다

간간이 계절을 날고 있는 철새들의 막힘없는 날갯짓이
지루함을 달래주는 시간
노을빛 물드는 눈꽃나무가 잡념을 정지시킨다
꽃은 나무의 가장 아리따운 미소라는 걸 알았다

이 고요의 절정에 무엇을 그려 넣을까
빈 공간 채우는 소리 없는 소리 들린다
자연의 설정에 하나의 풍경이 되어
나만의 생을 그려 넣는다

낮게,
깊숙하게

더덕

좌판에 쭈그리고 앉은 노파의 거칠어진 손끝에서
하얗게 벗겨지는 속살이 탱글거린다
너절한 생의 덮개를 벗겨버린 흔적이 보인다
온통 주름뿐인 얼굴에 진한 응달이 묻어난다
흙을 털어내고 다듬는 시간의 부지런함이
지폐로 바뀌면 얼굴 가득히 미소 번지리라
오천 원짜리 한 봉지를 사며 할머니의 고독까지
나눠 담을 수 있다면 좋으련만,
어쩌면 슬픈 듯 숨겨진 눈빛 속엔
외로움을 즐기는 법을 아실지도 모른다
욕심에 따라 만족이 다르다는 것을 잊기도 하지만
마음을 비웠을 때 채워지는 기쁨은
더덕의 향보다 진하리라
'오늘 저녁은 더덕구이다'
그 맛, 달빛보다 감미로우리니

회원 시

김미희

- 충북 청주 출생
- 한국시맥문인협회 시 낭송 이사
- 시와 수필로 등단
- 대한민국 황조근정훈장 수상
- 저서: 『게으른 완제품』
- 공저: 『마음의 등불을』, 『푸른 바람개비』, 『키를 세우는』 외 다수
- 동인지: 『시맥의 창』

버리기

밤새 엎드려 염주 알을 손바닥에서 굴리며
마음속 깊이 박힌 독을 빼내려 울었소
시간이 흐르며 불필요한 지방들이 빠져나가고
조금씩 숙면의 밤이 돌아오고
증오와 수치로 단단했던 돌덩이가 허물어지오

그리고 깨달은 내 모습
멈추지 않았다면 보이지 않았을
오만과 편견들이 질주하는 혐오
아픔과 눈물이 아직은 증오를 씻어 내지 못하지만
시간이란 처방전에 매달려 회복을 갈망하는 중이오

변하는 것은 사람답게 살려고 몸부림치는
간절한 희망이라고 생각해 주오
독을 뿌려 찔러대며 키득거리던 그들에게
죽을 것 같았지만 결코 죽지 않고
더 강하게 일어설 수 있는 내가 자랑스럽다오

불필요한 것들은 갈등 없이 몽땅 버리게 되었소
홀쭉해진 내가 가벼워져서 정말 좋소
세월을 뚫고 나가야 할 등짐의 무게가
더 이상 커질 필요는 없을 것 같소
이제는 그리해도 된다오

지구별 여행

모양자리 틀 속에서 제작된
선함으로 길들여진 눈물과 사랑은
보이지 않는 질긴 끈에 이끌려
누군가의 기쁨과 자랑이 되기 위해
마음껏 울지는 못했다

오아시스를 가장한 사막 속에서
의지와는 상관없이 깊은 어둠에 갇혀
간절히 유리 벽돌을 갈았으나
나의 정의로운 무기가 되지 못했다
그저 무거운 짐일 뿐이었다

냄새나는 낡은 껍질을 털어내자며
이미 식상해버린 연민을 데리고
초대받지 못한 낯선 오르가슴들이
제 굽은 등 뒤로 감춰진 붉은 혀를
마지막 남은 노을빛처럼 빼물고 있다

하얗게 탈색된 뼈마디 부대끼며
시퍼렇게 날 선 시간의 연속과 생의 집착
꿈틀거리며 질긴 목숨을 이어가는 괴물
살아 있으나 죽은, 벌렁거리는 심장을 향해
소리 없는 총으로 쏘아대는 끔찍한 절망

밝은 빛을 보여주지 않으려는 터널
더듬적거리고 넘어져 고름이 밴
질척이는 상처를 달래가며 걷는다
순간, 부서지고 금 간 틈새로 직진하는
강하고 아름다운 빛의 방문

솔숲 향 가득 채운 사이프러스
조용히 잎을 내려놓는 담담한 나무처럼
상처조차 고요한 저 속 깊은 강물처럼
속눈썹 위 순백의 희망을 앞세워
흑백영화의 주인공이 되어 걷는 길
우주 정거장 어디쯤에 놓아버린
낯선 기억을 향한 눈물겨운 여행

그녀의 환생

탄력 있고 뽀얀 피부가
누렇고 푸석해진 모습으로
차갑게 외면받고 있을 때
그녀를 구원해줄 든든한 그가 등장한다

정성스러운 손길로 온몸을 어루만져
촉촉이 젖어 나른해진 그녀를
침대로 옮긴 그가 뜨겁게뜨겁게 온도를 올린다

그녀의 낯을 살피던 그가
마침내 그녀의 절정을 확인하고
극도로 달아오른 몸에 데지 않도록
그녀의 오르가즘을 코와 눈으로 탐색하며
조심조심 그녀를 품에서 떼어 놓는다

이토록 완벽한 카타르시스
구수한 먹거리로 다시 태어난
그녀의 환생
그 이름은 누룽지

김성희

- 충남 대전 출생
- 한국시맥문인협회 홍보이사
- 대한문인협회 시 부문 등단
- 한국문인협회회원
- 한국문인협회 시낭송회회원
- 대산문학 재무·사무국장 편집위원
- 각종 동인지 공저
- 동인지: 『시맥의 창』

산수유 사랑

철 지난 산수유는 할머니의 사랑이다
고뿔 기침 배앓이 하는 손주 위해
눈밭 헤치며
산수유 열매를 훑는 주름 팬 손

약탕관에 모락모락 김이 오르면
손주의 고뿔 기침도 배앓이도
피어나는 김 속으로 사르르 가라앉고
처마 끝에 달린 사랑 고드름 하나
뚝 떼어 이마에 얹으면
열은 사라지고
하얀 서리 머리에 이고 앉은
할머니의 사랑만 남는다.

하루

여우비 스쳐 간 파란 하늘
하얀 새털구름 그린 나래 옷을 입는다
사글사글한 바람이 귓불을 스치는
눈부시게 좋은 날
망설임 없이 흐르는 오늘이라는 시간 앞에
몽그라진 나를 비우고
들 향기 다문다문 이어진 솔 길에 서면
다보록한 날에 싱그러운 잎새처럼
그리움으로 다가오는 그린 내여

부등깃 같은 여물지 못한 미련한 마음이
외로움에 지친 어진 그대의 가슴을
곰살궂게 그느르지 못한 어리석음으로
설운 아픔만을 남기고
성금 없는 허무룩만이
산마루에 걸린 매지구름 같구나
노을 속으로 하루가 내려앉고
어둠이 불빛 아래 젖어 드는 밤
채워지지 않는 목마른 외로움이
가슴 빈자리 그리움 되어
뚝뚝 떨어져 내린다

마음의 행로

하루의 노동을 함께한 사람들과 밥을 먹고
헌책방에 들러 가난한 마음을 채울
한 권의 책을 산다

냄새 구수한 빵집에서
하나에 하나를 얹어준다는 덤을 안고
돌아서는 발걸음이 못내 허전한 것은
벌거벗겨지고 상처투성이인
보이지 않는 갈증에 목말라하는
마음 가난한 노숙자이기 때문이다

이번 열차는 특급 열차이다
번번이 내리는 역을 지나치고
되돌아오는 고행의 길을 위해
다음에 오는 완행열차를 타야겠다

가끔은 더디고 느린 삶의 시간 속에서
간간이 부딪치며 만날 수 있는
흘리고 놓쳐 버린 소소한 행복들이
매일이 낯선 지구공과 함께 회전목마를 탄다

김암묵

- 경북 안동 출생
- 한국시맥문인협회 소통 부회장
- 청하문학회 회원
- 봉평 산양산삼 농원 대표
- 동인지: 『시맥의 창』

목탁 소리

바람에 실려 오는
새벽을 여는 메아리
마음을 강하게 두드린다

어지러운 마음
부드러운 능선을 타고
욕심으로 멍든 영혼을
봉우리를 타고 넘어
울림으로 다가온다

그 맑은 소리
수목은 향기에 담고
계곡은 물소리에 담아
용서와 자비를 일러주고

이어지는 맑은 소리
중생은 업식(業識)에서 벗어나
그물망 걷어내고
걸림 없는 삶을 살기를

7부 능선에 서서

오늘도 산을 오르며
맑은 공기 마신다

7부 능선에 와
뒤돌아보니
들과 산들은 아름다운 색으로 변해 있다

푸르고 힘찬 기상도
천지를 흔들든 자신감도
가고 발걸음이 무겁다

주거니 받거니
팔짱을 끼고
7부 능선을 함께
넘어갈 친구가 그립다

산이 나를 품다

오늘도 가슴을 활짝 열며
나를 부르고
소리 없는 고요로움이
그물망을 걷어낸다

봄이면 꽃향기로
여름이면 짙푸른 기상으로
가을이며 새 생명 열매로
겨울이며 백색의 비움으로
하늘의 길 따라 꿈을 꾼다

들리느냐
수많은 초목이
주고받는 천상의 소리를
보이느냐
그 아름다운 자태와 웃음꽃을

산봉우리도, 능선도, 골짜기도 가파른 바위도
한 포기 풀도
서로 맞잡고 함께하는
그 마음을 아는가

그대여

이 넓은 품에 안기어

철 따라 흐르는 향기로운

노랫소리와 자장가 같은

다독임에

오늘도 산은 나를 품어 안고 흥겹게 춤을 춘다

김평

- 경남 합천 출생
- 시인, 칼럼리스트, 국제펜클럽 영시 번역 작가
- 한국시맥문인협회 고문
- 문학사랑신문 회장
- 한국노벨재단 문학분과위원장
- 수상: UN NGO 문화예술지도자상, 황금펜 문학상, 2020 위대한
  대한민국 국민대상, 중국중심문학상, 대한민국 건국 100주년 기념
  문학상 외 다수
- 시집: 「난초의 눈물」, 「서울에도 달은 뜬다」 외 공저 다수
- 동인지: 「시맥의 창」

코로나 시대 불 밝히는 등불

불의시대 말세 말법
오탁악세 어둔 밤
코로나 팬데믹 시대

금의 시대 도래하니
불의심법 끝내 우고
물의심법 물의 하심
불 밝히는 등불 하나

그 등불 부여잡고
짙은 어둠 걷어내고
홍익인간 정도문명
조화질서 이룩이룩

대전환 역사 일궈
사람이 사람답게
자연이 자연답게
용화문명 일구어내
光明세상 이룩할세

꽃상여

외딴 고향 마을 동구 밖
당산 옆 꽃상여 집엔
주인 잃은 꽃상여
주위에 개망초 데불고 텅 빈 집 지키며 화해를 손짓하고
있다

꼭두랑 이승에서 저승으로 가시는 님
화려한 꽃으로 극락왕생 빌고 빌던
꽃상여도 간 곳 없고
한 번 떠난 님은
극락이 하도 좋아
추억만 남기운 채
영영 소식조차 없다
천국 소식도
지옥 소식도

꽃상여 집엔

꽃도 지고

상여도 가고

스산한 가을바람 안은 물망초만

텅 빈 집 지키며

옛 추억만 남기우고

애수에 젖게 한다

지금 모든 것 잊기엔

너무나 슬퍼요

가신님 옛 추억만 잊지 말라고 잊지 말자고

이승에서 새로운 꽃길 열어 향기로운 꽃 당신이 되거들랑

그때는 가신 임 옛 추억도 모두 잊고

향기로운 꽃길만

함께 걸어요

등불 하나 부여잡고

인생길 고해 바다
칠흑 같은 어둔 밤
불 밝히는 등불 하나

그 등불만 부여잡고
한평생
구름 따라 바람 따라
흘러온 고행길
짙은 어둠 거둔다

구름 걷히고
바람 멎어도
외로워서 그리워서
그 등불만 부여잡고
행복 찾아 걷는다

박종규

- 충북 청주 출생
- 시인, 수필가, 칼럼니스트, 은지화가
- 한국시맥문인협회 편집장
- 대한기독문인회 회장, 전문인문서선교회 회장,
  대한문학작가회 부회장 외 활동
- 시인대학 소장용 책 쓰기 및 시 쓰기 강사
- 수상: 우수도서저술상, 출판문화상, 환경문학대상 등 다수
- 저서: 『하늘문이 열리는 꿈』 외 103권의 저서 집필 출간
- EBS, KBS, 게이블 TV 등에 고정 출연(21년간)
- 동인지: 『시맥의 창』

가을 눈

노을을 보았습니다
노을이 빨갛게 마을을
물들이는 것을 보았습니다

쑥부쟁이 풀들이 시무룩하게 마른 무릎을
쪼그리는 것을 보았습니다

나뭇잎 위로 나뭇잎들이 힘없이
겹쳐지는 것도 보았습니다

그러나 내 마음이 너무 쉽게
깨어질까 두려워
캄캄한 몇 개 구름으로
내 마음을 묶어두었습니다

캄캄하게, 캄캄하게 묶어두었습니다

쓸쓸한 가을나라

나뭇가지들이 빗방울들을 잇대어 놓고
서쪽으로 쓸쓸히 가고 있다

어린이들이 부러뜨린
여름 풀잎들의 얼굴이
제 눈을 찾지 못해
먹구름처럼 깔려 있다

같이 가던 길들이
산의 품속으로 들어가 버리고
혼자 남은 나에게
누군가 가을을 껴안는다

아, 가을이 깊고 어두운 주름살만
찾아 오르는 한 무리의 새 떼

이제 남은 길은 없어, 남은 길은 없다고
그러나 아직도 살아 있다고
내 발목에 감기는 가을의 머리카락 몇 올

강물이 웅성거리며 떨고 있는 서쪽엔
이 적막한 가을을 헤쳐 나오려고
고통스럽게 연기를 올리는
고집스런 빈자의 집

아무도 바라보지도 않는 가을

가을이라고
하늘의 낡은 시계추들이
우수수 별들을 떨어뜨리는 가을이라고

내 마음의 뿌리이고, 풀잎이고
마구 시커멓게 뒤집어 놓고
낄낄낄 웃어대는 가을이라고

우중충 빗자국 들러붙어 떨어지지 않는
이 몹쓸 곰보 같은 가을이라고

연기는 서쪽으로
정처 없는 산을 정하고
춥고 허름한 돌들이 쥐고 있다 풀어준
강물이 한없이 절름거리며 헤매는 가을이라고.

송윤주

- 전남 고흥 출생
- 시인, 아동문학가
- 한국시맥문인협회 대표
- 수상: 풀잎 문학상, 2019년 지하철 시민 창작시 공모전 당선,
  100주년 건국기념 문학상, 뉴욕 아트페어 문학부 대상,
  독일 뮌스터전 한국 초대작가, 황금찬 문학상 대상, 윤동주 별 문학상
- 한국문인협회 회원
- 시집: 『새벽을 깨우는 언어』
- 공저: 『4차 산업혁명에 대응한 올바른 자녀 교육법』
- 동인지: 『시맥의 창』

언택트

점원과 접촉 없이 물건을 구입한다
변화에 촉각을 세우고 미래를 대비한
혁신에 살기 위한 몸부림에 서 있다

창궐할지 모르는 지구상에
신드롬 출현으로
문화, 산업, 소비 패턴 비즈니스마다
체질 개선에 나서고 있다

기계처럼 문화가 하나의 부속품으로
인간성이 상실되고
메마른 사회로 만들어가고 있다

비대면 라이프스타일을 위한 언택 기반의
아이티 기술이 홍수처럼 탄생시켜
대면에 의한 스트레스 해소로
간편함에 길들어져 행복이라 말할 때
사람들은 다시 사람을 찾는다

사람을 그리워하고 소중히 여기는
공동의 가치관과 삶의 교감은
인간은 사람 사이에서 공생하고
비로소 사람을 만날 때 인간다울 수 있다

보석함

조선의 행정구역으로 불리우는 거리엔
사람보다 끌어당기는 마력이 있다

단아하고 우아한 오색 빛 거리
살아 숨 쉬는 전통문화의 장

매화꽃 줄기 타고
생명력을 불어넣은 나비 한 마리
능선 타고 온몸을 휘감아
붉은 생명력이 흐른다

잘게 부서진 희생 끝으로 탄생한
재게 보석함
오색 실선을 두른 자태
시선 따라 혼을 담는다

밀봉된 세월

창가에 비집고 들어온 가을은
눈가에 매달려 수액으로 흐르고
응급실에서 어머님 상태를 알리고 있다

난간에 몸을 맡긴 채
산소호흡기 묵언으로 맞이하고
침상마다 가을, 겨울을 알리는 소리

움푹 파인 세월은 흰 마스크로 가리고
무수한 추락 앞에 염증은 항생제로 씻어 내려
기억은 저만치 따로 달력을 가지고 있다

일생의 봄의 손은 외로움으로 늘어져
허기진 심장 저 깊은 곳에서
바람에 멍든 발을 어루만지며

초점 없는 허공과 공허 사이에 암벽을 타다
끊어짐도 예비하는 비상계단을 찾듯이
내 몸의 가장 낮은 곳에서부터 기도를 한다

밀봉된 세월을 견디어낸 산수에
어머님 마중을 나간다

오세주

- 전북 고창 출생
- 시인, 아동문학가
- 월간 한맥, 시사문단 등단(2010)
- 한국시맥문인협회 수석부회장
- 한국문인협회 회원
- 수상: 2015 자랑스런 한국인 대상 수상,
  독서 부문 교육인적자원부 장관상 수상
- 독서, 인문학 명강사, 독서칼럼리스트
- 어린이 책읽기운동본부 대표
- 가천대학교 독서코칭 지도교수(전)
- 시집: 「아내가 웃고 있다」
- 에세이집: 「독서는 인생이다」 외 다수
- 동인지: 「시맥의 창」

대추 한 알

붉게 달아올라
비바람 견디고
가을 햇살 맞이하여
달이 차오르는구나

장독대 사이로 비추는 달빛보다
더 토실토실하여
한 알 꼭 입에 깨물다
생각해 본다

쓰담, 쓰담 위로해주지 않아도 꽃피우고
열매로 보답하는 지극한 정성이여
시대를 초월한 강렬한 힘이 있다

보름달 떠오르면 곱게 고개드는구나
언제나 친구처럼 등장하는 얼굴들

고단한 육신도
탐욕스러운 마음도
슬슬 다리고 데우면
깊은 산고의 맛을 낸다

가을 귀

이른 아침 서리병아리 잠자던 알에서 깨어나
가을 햇살 두리둥실 물 한 모금 머금는다

새록새록 잠자던 아가들의 눈망울 소리
가을의 전령사 귀뚜라미 울음을 기억하고
농부들의 한 땀 어린 들녘 소리에
떡비 내리는 소원으로 두 손 모아
안다미로 넉넉한 인심을 선사한다

찌찌루 찌루찌루 찌르레기
날개를 가볍게 비비고
후드득 후득후득 메뚜기 소리
가을 아침 기지개를 신나게 편다

숲으로 우거진 가을 산에는
도토리 떼굴떼굴, 잠자리 윙윙 날갯짓하며
귀뚜루 귀뚤 귀뚜리 귀뚜라미 노랫소리에
산 밤나무들도 저마다 소리 높여 흥얼거린다

풀피리 울리던 농부들의 소 땀 소리가
실바람 타고 날아라
가을 하늘을 포근하게 펼쳐놓는다

바다는 그리움을 안다

망망대해를 걸어서 뱃길이라 부르는 산에 도착한다
푸름을 간직하고자 숱한 세월을 그리움으로 살아
파고의 높이와 산고의 고통을 드리우다가 어느새
목표점에 도달하면 긴 한숨을 토해내는 바다는
누구도 범접할 수 없는 웅장한 포물선을 보인다

배 한 척
그리움의 등대 비춤
뱃사공 어선의 귀환 소리
님을 기다리는 아낙네들의 바쁜 일상도
하루가 멀다 해도 그리움을 기억하는 행복이다

바다는 구름 사이로 살며시 다가와
속삭이는 연인들의 사랑 고백도
오롯한 향수를 불러일으키는
정감 어린 인연으로
정답게 부르는 노랫소리이다

바다여

그리움의 바다여

중추절 보름달은 깊이도 떠오르는데

외로움을 지켜내어 가슴을 치는 너는 군상이다

힘들면 힘들다 하고

즐거우면 즐겁다 춤을 추어도

그 자리, 그 숨결, 그 풍경

그리움의 포물선을 그리고 있다

안중태

- 경북 성주 출생
- 한국시맥문인협회 홍보부회장
- 한국문예 행사기획국장
- 서울시지하철 공모작 당선(2017) 당선작 〈요즘 우리부부〉
- 수상: 문학신문 올해의 작가상(2018)
- 시집:『요즘 우리 부부』,『어머니가 그립습니다』,
  『그대가 아름다운 것은』 외
- 동인지:『시맥의 창』

남산을 친구로 삼아

노을 지는 저녁에
머리 희끗희끗한 중년 남성은
그리운 친구 보고파
집을 나섰다

남산 산책길로 접어들면
마음을 다독여 주는 하늘
삶의 감정을 식혀주는 바람
푸르른 희망을 안겨 주는 나뭇잎

가슴을 열고 돌아본 하늘은
부끄럽지 않게 살아가라
격려의 별빛 내려 준다

인생의 남은 여백을
잘 그려 보라
북돋아 주는 산

땀방울 송골송골할 때
바람이 스쳐 가면
팔랑이는 나뭇잎도
친구가 된다

아내의 빈자리

아내가 여행을 떠났다
중국 태항산으로

아내의 빈자리가
크게 다가오는 아침

멸치볶음 열무김치 토란국
된장찌개 도라지무침 호박죽
좋아하는 것 가득 채워 놓은 냉장고

식탁 위에 가지런히 놓인
빨간 자두에서
아내의 얼굴이 아른거린다

"바쁘더라도 식사 잘 챙겨 드세요
대충 때우지 말고"
정겨운 목소리가
귓가에 맴도는 아침

퇴근해서 돌아오면
허전함으로 다가오는 빈방
벽에 걸린 가족사진에
마음을 보듬는다

가득 채워 놓은 냉장고는 비어 가고
아내가 돌아올 날은
점점 가까워진다

작은 행복

메주를 띄워놓고
햇살 깃들기를 바라는
아내를 봅니다

베란다에 창문 열어놓고
오늘도 애태우는
당신을 봅니다

혹이나
미세먼지 날아올세라
비가 올세라
당신 마음에
구름 낄까 봐
제 맘도 조바심을 내어 봅니다

고운 햇살
깃들기를 바라면서
서로의 마음을 보듬으며
햇살이 되어주는 우리

심지 깊은

아내의 숙성된 사랑

간장 된장처럼

익어가네요

그냥 바라만 봐도

내 마음엔 햇살이 되어

주는 고마운 당신

작고 소박한

행복이 가슴에 스며듭니다

이미옥

- 전남 고흥 출생
- 한국시맥문인협회 수석부회장
- 한국문인협회 회원
- 한국가곡작사가협회 문화탐방이사
- 수상: 황진이문학상, 에스프리문학상, 대한민국 제17대 대통령 감사장
- 시집:『윤소의 노래』,『가슴속에 피는 꽃』
- 동시집:『책속에 사자가 있어요』,『민우의 일기』근간
- 가곡 작시:『계절의 노래』
- 동요 작시:『아이의 꿈』
- 동인지:『시맥의 창』

시간의 선물

참을수록 빛나는
너의 삶을 통해
모난 사람들도 다듬어지는
당신으로 하여금
세상이 밝아지는군요

낙엽 떨어지는 소리에
기쁨과 슬픔이 어떤 것인지
당신의 사랑과 헌신을
깨닫는 어제도 오늘도

내 몸에 서리 내리는
가을이 깊어가는 것을 알아차리며
마음이 성급해지기 전에
예쁘게 살아오신 당신을 위해
기도하렵니다

셀러리맨과 COVID-19

문을 열었다
순간
하얀 벽에 비치는 알 수 없는 그림자
어지러워진 탁자 위에
작은 먼지들이 바람을 일으킨다

바쁜 샐러리맨은
바닥 닦을 시간도 없다고 한다
까만 의자에 앉은 가방은 날이 없나
코와 입을 상실한 채
불안정한 표정으로
검은 박쥐를 증오한다

우한 수입품 이름은 COVID19
두꺼운 서류부터 잡다한 메모지까지
COVID-19 증후군에

에어컨을 켰다
쏟아져 나온 찬바람은
달궈진 몸뚱어리를
설빙 속으로 끌고 간다

순간

검은 볼펜이 머리를 맞대고

COVID와 놀고 있다

이대로 같이 가는 걸까?

벽에 붙은 둥근 시계는

초침 소리가 들리지 않는다

시간이 소리를 무시한 채

벽 속으로 흐르고 있다

검은 박쥐는 동굴 속 바위틈으로 숨고

날개가 굳어 더 이상 날 수 없다고 한다

종식되는 COVID-19

승리의 하얀 깃발은 무중력 상태

입술에 빨간 루즈를 바르고 싶다

모래밭에 새긴 사랑

하얀 모래밭에서
우르르 밀려드는 파도를 바라보며
우리는 겁 없이 걸었지

매끄러운 몽돌에 살을 비비며
파도 소리에 콧노래를 부르며
세상 걱정근심 다 놓아버렸지

너와 함께라면
부러울 것이 없어
넓은 바다를 안으며

아무도 볼 수 없는 그곳에서
사랑 노래 부르며
물고기들과 어우러져 살아갈까나

모래 위에 그리는 시어들
한순간 덮쳐버린 밀물과 썰물
사랑도 이러하거늘

이현주

- 경북 경주 출생
- 시인
- 한국시맥문인협회 홍보이사
- 좋은 문학 창작예술인협회
- 수상: 詩歌 흐르는 서울 월간문학상, 림영창 문학상(동시),
  신사임당문학상(시), 제1회 사육신백일장 특별상,
  詩歌흐르는서울 시부문 신인상, 한맥문학 이달의 시인 선정 외
- 동인지: 『시맥의 창』

여명을 깨치고 있어

무성한 잎
한파에 벌거벗어
붉은 나무 휑하다

궤열한 빙판 위
척 달라붙은 잎사귀

소한으로 치닫는 신의 섭리
봄여름 가을 겨울

보살피고
소중하고
은공하고
무탈하고

그렇게 또
한해가 다가와
여명을 깨치고 있어

틈

어둠의 통로 틈새 타고
파릇한 풀잎 고개 내미는구나

작은 생물
그 틈을 통해 소생하느니

연한 새순 푸르게 푸르게
넓은 지향으로 우뚝 선

솟아오른
틈의 빛이라

살아 있는 빛의 영광
틈의 이름으로 세상을 밝히리

담쟁이

밝은 빛 보듬고 오른 인내
높고 낮음이 대수더냐
담쟁이 삶 두려움이 없다

진녹색 하나로 어울진 삶
다시금 사랑 내리는 연한 걸음마
쉼 없이 이끄는 초록의 전선이여
그 무엇을 위함인가

달달한 눈 요치 줄타기 기근으로
바위 돌담 위 나무줄기에 엉키어
뻗어 나가는 끈질긴 생명력

담벼락 틈새 억척스럽게 지켜온 삶
인간의 폭력으로 생명을 잃었다
진정성이 무언가도 모르는 모사꾼이여
그 무엇을 위함인가

담쟁이 손 청청한 푸르름
갈라진 벽 타며 쉼 없는 여정
새 실크로드가 열렸다

모든 만물의 삶 순간이다
생명이 존재할 때

우주가 있고
미물도 있거늘
자연의 섭리도 모르는가

내 마음이 진실하면
세상이 아름답다
그 무엇을 위함인가

장윤숙

- 경북 예천 출생
- 시인, 낭송가, 작사가
- 한국시맥문인협회 이사
- 한국문인협회 회원
- 한국가곡작사협회 회원
- 한국 노벨타임즈 회원
- 동인지: 『시맥의 창』

수선화요 백향목이라

당신은 오뉴월에 핀
붉은 열정의 장미도

고매하고 귀태로운 모란꽃이나
자목련의 우아한 자태를 간직하지는 않았지만

어느 날
기쁨의 뒤란에 한줄기 선연한 빛으로
들어온 당신은

한 떨기 수선화요
백합이요
백향목입니다

샤론의 향기 가득한 정원에 행복나무 심어 꽃을 피우고
좋은 열매를 맺도록 해야겠습니다

남들이 뭐라고 하든 상관치 않으렵니다

들어찬 매력과 지고지순한
순결한 경이로움을 느끼며
기뻐합니다

당신의 호흡 속에 살아가는
삶의 여정 하늘 문 닫히는
그 어느 순간까지 고매함으로
살고 싶습니다

가을 연서

참으로 고집스럽고
시샘 많은 계절이었지요

낙엽이 비처럼 쏟아지는
그해

희미해진 추억의 이름을 되새기며
깊은 가을 속으로 서럽게 묻어가고 있습니다

잔잔한 바이올린 선율은
바흐의 G선상의 아리아
레시버를 통해 가슴을 저리게 하는
그 음률 속에 그리움도 함께 흐릅니다

손끝으로 느끼고 싶은 높고 푸른 하늘
바람에 실린 마른 낙엽 부딪히는 소리
이렇듯 마음 시린 가을 속에 영원하고 싶건만

하늘이 깊어가고
마음도 시려 오는 날이면
그대가 보고파서

내 마음은

빨간 풍선이 부풀어 오르듯

부풀어 올라 울컥합니다

가슴에 간직한 수채화 같은 우리들의 고운 이야기

끄집어내어 화선지에 꿈을 펼치면

우리가 손잡고 함께 걸었던 길가 그 파란 언덕 위에

흐드러지게 피어난 하얀 쑥부쟁이 향기 그 사연을

꽃잎에 실어 그대에게 안부를 전합니다

가을비

가을비는 메마른 땅을 적시고
바라보는 이들의 마음을
엘토와 베이스로 적시고 있다

이 가을에 멋진 지휘자가 되어
시의 노래를 연주하고 싶다

단풍드는
가지마다 빗방울은 조롱조롱
흰 구슬을 물고

구슬을 따다가
화관을 만들어 쓰고
시를 사랑하는 여인들이 꽃보다
예쁜 입술로

애국시를 지어 낭송을 한다면
빗방울도 사르르 감성을 적시고
옳고 그름의 나팔을 불까

어지러운 시간들 닫혀진
몹쓸 마음을 내려놓을까

그 시는 아마도 세상에 없는
단 하나의 걸작품이 되겠지

비 내리는 창 너머 슬픈 듯
푸드득 새 한 마리가 베란다
한켠으로 날아든다

비를 품고 서 있는 나무에게
무언의 미소를 지으며 창문을 열어보는
가을아 가을아

최중환

- 충남 보령 출생
- 시인
- 한국시맥문인협회 이사
- 시와 창작 작가회 홍보이사
- 시낭송협회 이사
- 대작 태평양 전쟁 영화제작위원회 위원장
- 한국전문직업재능인증위원회 심사위원
- 타인의 성공을 돕는 성공 멘토 교수
- 도전한국인운동본부 교육자문위원
- 환경신문 문화가 산책 주 1회씩 자작시 고정 연재
- 인사동 시인들 공저, 이채 시인과 공저 및 여러 문학 공저 다수
- 동인지: 『시맥의 창』

어느 날

빛과 바람이 미묘하게
불어오는 언덕길을
구름처럼 손끝에
굵은 매듭이 깊게
파인 아버지

물결치는 산등성에 앉아
붉은 노을이 곱다고
눈물 글썽이던 어느 날

못 박힌 손끝으로
하늘 열어놓은 바다

잎새들은
아버지 옷자락에
그리움 깊게 묻혀
목이 메어 불러본다

긴긴 여운 내리고
입김 나오는 온기에
볏단 공허한 어둠 속
불러보는 노래

별빛 반짝이는 창공에

남긴 당신의 깊은 사랑

작은 꽃이 되어 길 잃은

새벽길 비껴간다

정동진 사랑

불타는 태양
너와 나의 사랑

부딪히는 파도 소리
너와 나 둘만의 속삭임

우리는 하나 되어 바닷가
말없이 거닐었네

사랑하는 사람과 거닐던
정동진 바닷가

바위에 부딪히는 파도 소리
우리 둘만의 세레나데

불현듯
큰 파도가 밀려와 웅장한 파도 소리
사랑하는 사람과 듣는 사랑의 함성

정동진 바다는 우리 둘만의
사랑으로 익어만 갔네

하늘과 바다가 맞닿아
하나 된 그 목소리에

그대 마음과 내 마음도
하나 되어 거닐던 정동진 바닷가

정동진 사랑이 되었네

대한민국이여 비상하라

움켜쥔 씨앗 꽃과
열매는 애타게 울부짖으며
어둠으로 신음하듯
허공 끝을 꿰매고 뜨락을 적신다

하얀 새도 길을 지우며
세상 내려와 슬픔을
목에 두르고 날갯짓으로
밤새도록 고독을 몰아쉰다

칠흑 같은 하얀 섬에 입김 품으며
태양도 가슴에 품고 기적의 흐릿한
하얀 꽃 짠물 내는 진리와 굶주림
종소리처럼 이 땅에서 민족과
역사 앞에서 총칼로 맞섰다

붉게 차오르는 떳떳한
죽음을 선택한 기적은
별빛도 가슴에 품을
우리의 선열들이여!

그대들이 있어 독수리같이
날개를 펴고 웅비하는
대한민국 대대손손

만세를 외칠
기쁨과 환희의 눈물을…
내 조국이여

대한민국 비상하라

한민

- 시인, 낭송가
- 한국시맥문인협회 이사
- 한국시맥문인협회 동인
- 동인지: 『시맥의 창』

숲에는

장쾌히 내려치는
선녀의 날개 같은 폭포수 앞에
거대한 아름드리나무
하늘을 바라보며 뿌리 깊게
장승처럼 서 있다

소년과 소녀는
동물들의 낙원을 지키는
생명의 수호자이다

사자와 너구리가 나란히 엎드려 있고
원숭이는 기린의 꼬리를 잡고 서 있다
소년은 거목의 등에 기대어 서 있고
소녀는 밑동에 앉아 있다
홍학의 무리가 자태를 드러내는 순간

소년은 신령이 준 풀피리를 분다
소녀의 손등에서 형형색색의 나비들이
비상하며 숲의 향연을 펼친다
공중에는 백조와 온갖 새들이
날개깃으로 춤추고
모든 동물들이 저마다 자태를 뽐내며
너울 더울 고개 춤을 춘다

임자도

서울 남산타워에서 서해안의 낙조를 바라본다
사무치며 간절하게 애절하게 눈에 밟히는 섬
아, 임자도 섬의 알래스카

서해안 에메랄드 바다 빛, 띠를 두르고
거대한 가오리의 삼각형 형상으로
유유히 자리 잡고 모진 해풍 잠재우며
바다를 호령하는 기세

가오리가 눈을 뜨면 일출의 장관
눈을 감으면 일몰의 비경이
출렁이는 파도의 포말과 단단한 바위가
영원히 입맞춤하는 행복의 섬
동쪽 불갑산 남쪽 삼각산 북쪽 심학산을
천혜의 풍광처럼 품고 있는 어머니의 젖

낮은 다이아몬드
밤은 흑진주의 광채를 발하고
모래 언덕은 길손들이
어우러지는 마당

명사십리 손잡고 걷는 사람들
행복과 사랑을 깨닫는 전설의
축복된 길을 가는 것이다
기꺼이 임자도와 더불어 동행하는 길

겨울 제비

사랑의 박을 물고 오는 겨울 제비
날개 깃털은 백금 부리는 옥 장식
꽁지는 부채 모양 별무늬

겨울에만 나타나는 행복의 배달부
하늘 활공의 마술사 눈은 레이저 빛
풍요로운 씨앗을 뿌리고 간다

공허한 삭풍이 부는 대지 위에
따뜻한 기운으로 옷을 벗는 나무들은
볏짚 박으로 입히고 간다

미움 분노 시기의 척박한 마음에
유유한 희망의 가락도
부리로 읊어주고 간다

모든 것을 통찰하며 오직
겨울 제비는 사랑의 통치자다
나누어 주기를 아낌없이 하고
베풀어 주기를 넘치도록 한다

사랑의 박을 온 누리에 뿌리고
겨울 제비는 전설의 처소로 돌아간다
내년에도 그 이후 내년에도
묘약인 사랑 씨앗 박을 물고 올 것이다

회원 수필

박해평

- 전남 보성 출생
- 시인, 수필가, 낭송가
- 한국시맥문인협회 고문
- 서울문학문인회 회장 역임
- 공감 방송 명품인생 시 낭송 진행
- 전국특수교원 수기 당선(중국여행)
- 서울문학 신인상(수필)
- 국보문학 신인상(시)
- 서울시 퇴직 교원 우수 수기 당선(상금 수상)
- 시 낭송 대회에서 입상 다수
- 동인지: 『시맥의 창』

부천 무릉도원 수목원 길

까치울역!

지하철역 이름도 색다른 면이 없잖지만 금번 488회 주말 걷기 특색 몇 가지를 든다면 한사모 주말 걷기 전통 사상 처음으로 3주간의 방학 끝에 진행된다는 것이고 또 한 가지는 걷기 시작에서부터 끝날 때까지 한 장소에서 치러진다는 것입니다. 3시 무렵까지 37여 명이 모여 서로 인사를 나눕니다. 너무 오랫동안 뵙지 못해 눈물이 날 지경이었다는 회장님의 말씀이 아니어도 정말 오랫동안 헤어져 있다가 만난 이산가족처럼 서로들 뜨거운 촉감의 손맛을 느끼며 악수하고 포옹도 했습니다. 매일 주말마다 만난다는 것이 이렇게 깊은 정으로 이어진다는 것을 다시금 체득케 되는 순간이기도 했습니다.

우리 한사모 주말 걷기 모임은 출발부터 예사롭지 않은 단체였지만 이제 12번만 더 모이면 한사모 주말 걷기 500회가 되는 전통 있고 특색 있는 걷기 모임으로 또 다른 면모를 갖춘 단체로 자리매김 될 것입니다. 까치울역 1번 출구는 꾀 많은 계단으로만 이어진 편치 않은 길입니다. 5번 출구를 이용하면 돌아서 가는 불편함은 있어도 우리들 모임에서는 응당 이런 길을 택했어야 옳은 일임에도 세심한 배려가 부족한 저의 불찰임을 인정하면서도 오늘 이 계단 걷기만 통과 된다면 오늘 걷기는 무사히 잘 마칠 수 있다는 가늠을 해봅 니다. 입장권을 구해 먼저 부천식물원에 들렀습니다. 경로우 대로 무료입장인데도 내지 않아도 될 1000원을 내야 하는 아쉬운 일이 또 벌어졌습니다. 역시 저의 안내 부족입니다. 유익을 본 부천식물원이 고객들에게 더 서비스 잘하는 데 쓰이는 작은 밑거름이 되었으면 좋겠습니다. 식물원 규모는 작지만 짧은 시간에 이런 게 식물원이라는 것을 인식케 할 수 있는 공간으로서는 안성맞춤이 아닌가 이런 생각을 해봅 니다. 다양한 식물들로 채워져 있는 1층과는 달리 2층에서 는 여러 체험을 할 수 있는 체험 중심 학습 공간으로 활용 되고 있었습니다.

회장님께서는 1층의 작은 공간을 이용해 6일 안동교회에 서 예정된 우리 할미꽃 하모니카 앙상블 연주 등에 대한 임 원 회의를 진행하시는 센스를 보이시기도 했습니다.

이어서 생태박물관 앞의 분수대를 중심으로 심어진 꽃과 나무를 구경하면서 수목원으로 들어가야 할 즈음 분수대 앞에서 사진을 찍었으면 하는 제안이 들어옵니다. 기암괴석 으로 세워진 벽 앞에는 공연장도 있고 바로 그 뒤에는 여러 수생식물이 수면을 채우고 있습니다. 수목원이 세워지기 전 에는 유료 낚시터가 이렇게 탈바꿈된 것입니다. 두 벽 사이 로 들어서자 동물 조형물과 함께 넓게 펴진 수목원이 한눈 에 들어옵니다. 길게 누워 있는 나무화석도 한눈에 들어옵니다. 수많은 수종들 사이로는 시냇물이 졸졸 흐르고 있어 운치를 더합니다. 한참을 걸어 위로 올라오니 전에 노래하고 시 읊었던 공연장이 보입니다.

작년 이맘때는 여러 평상이 비어있어서 쉬어가면서 우리들 행사를 할 수 있었는데 오늘은 먼저 자리를 잡고 있는 손님들을 비집고 들어갈 염치가 없고 그럴 시간이 없기도 했습니다. 동화책 속에서 봤던 재미난 인형들 뒤로 놀이터가 새로 꾸며져 있습니다. 놀이터 좌측 숲길로 접어들었습니다. 전에는 없었는데 수목원 둘레길로 조성한 것입니다. 이런 길을 우리 한사모 회원들과 함께 걸으면 참 좋겠다는 생각을 오래전부터 했었는데 드디어 오늘 그 바람을 이루는 순간입니다.

참 좋은 길입니다. 다음에 또 이곳 숲길을 걸었으면 좋겠다는 소리가 지금도 제 귓가에 멈춰있고 미소 띠게 합니다. 수목원 좌측 둘레 길을 마치고 인공 돌로 조성된 작은 공간에서 잠깐 휴식을 취합니다.

마음씨 좋은 우리 회원님들! 거명은 하지 않겠습니다. 회원 한 분 한 분을 찾아 귀한 정을 나눠 주십니다. 천성이 주기를 좋아하신 분들이십니다. 주는 기쁨이 받는 기쁨보다 더하다는 말을 실현하기 위해서가 아닙니다. 한 번밖에 없는 기회 내 인생을 행복하게 건강하게 살려면 걷기보다 더 좋은 운동이 없다면서요. 우리 한사모 주말 걷기 회원 여러 분 우리 모두 탁월한 선택을 했습니다.

행복을 위해 걷고 또 걸읍시다. 파이팅입니다. 더 많은 복 으로 채워지시길 모든 회원 이름으로 빌어 봅니다.

하염없이 장맛비는 내리고

내일이면 두 달 남짓의 생활이었지만 나름 정들게 했던 학교에서의 생활을 마치려 하니 착잡한 내 심정을 이해라도 하는 듯 하염없이 여름 장맛비가 내리고 있습니다.

내가 이곳 ○○중학교에서 두 달여간 봉사활동이란 명목으로 일을 할 수 있었던 계기가 된 그 날이 불현듯 생각이 납니다. 오늘도 여느 날처럼 늦은 아침을 마치고 뒷산을 걸으며 시 암송이나 하고 돌아오려고 현관을 벗어나려는 순간 유별나게 빨리 받으라는 듯 재촉하는 다급하게 울리는 폰 소리…

"회장님 전화 받을 수 있으세요? 여기 중앙회 사무총장인데요. 긴급한 사안이 있어 전화 드립니다."
이렇게 시작된 전화 사연은 대충 이런 내용이었습니다.

코로나19로 인해 오랫동안 학교에 나오지 못한 학생들이 드디어 학교에 나오게 되는데 선생님들이 일일이 등교하는 학생들 발열 체크 등을 다할 수 없어 도움의 손길이 필요하다는 것이었고 한국 교육자 선교회로 봉사 요원 한 사람을 추천해 달라는 연락이 와서 급히 연락한다는 내용이었습니다.

"내 나이가 72인데 가능할까요?"

"제 생각으론 얼마든지 잘하실 수 있어 추천해 드리는데 일단 담당하시는 분에게 전화해 보시는 것이 좋을 듯합니다."

그러면서 전화번호를 알려준 것이 아닌가?

"아니 72세이신 분 목소리가 이렇게 젊어요. 마치 20대 같아요. 제 생각엔 아주 적격하신 분이라 여기지만 저 혼자서 결정하는 것이 아니니 기다려 보세요. 조만간 연락드리겠습니다."

이렇게 해서 봉사활동으로 연계된 것입니다. 오리엔테이션이 있다 해서 가보니 나 외에도 다섯 사람이 더 있었습니다. 모두가 4~50대 여성들인데 개밥에 도토리이듯 나 혼자만 늙은이요 남성이었답니다.

매일 아침 8시까지 출근해서 등교하는 학생들과 교직원들의 발열 체크를 하고 수업이 시작되면 복도에 배치되어 3~4개 반 학생들의 마스크 착용을 독려하고 학생 간 일정 거리 유지하기 큰 소리로 말하지 않기 등을 지도하는 일입니다. 그리고 학습 도중에 고열이 있다든가 건강에 이상이 있는 경우 담임 교사의 지시를 받아 그 학생을 데리고 교문 근처에 있는 관찰실로 보내 만일의 사태를 미연에 방지하는 일인 것입니다.

7월 13에 있었던 내용입니다.

1–11반 정금혁 학생 책가방, 신주머니 보건실로 부탁드립니다.

발열 두통으로 인해 귀가 조치합니다.

이런 문자를 받는 대로 교실로 달려가 부탁받는 대로 책가방을 챙겨 나옵니다.

그 책가방의 무게가 어찌나 무겁던지 친구들이 챙겨준 책만으로도 꽤 무겁지만 시험공부하겠다고 모든 책을 다 요구하는 경우는 다시 4층까지 뛰다시피 바쁜 걸음으로 걸어가 다시 챙겨오기도 한답니다.

코로나19 때문에 전교생이 동시에 등교하지 못하고 한 학년이 일주일씩 번갈아 가며 등교하는데 15반이나 되니 평소 3배나 되는 학생들 등교할 때는 얼마나 복잡했겠는지 상상만으로도 머리가 복잡해진다. 등교하는 날 학생들의 모습을 보고 있노라면 나도 저런 시절이 있었겠지만, 또 다른 진풍경은 모든 학생들이 신주머니를 들고 다닌다는 것이다. 신주머니를 들고 와 실내화로 갈아 신을 때의 풍경이 가관이다.

그 모습을 보면서 이렇게 시를 옮겨본다.

〈패대기치는 이유〉

신주머니에서 실내화를 꺼내 현관 바닥에
패대기치는 것은 까닭이 없는 것이 아닙니다
등교하는 아침 어머니로부터 꾸중 듣고
화풀이하는 것이랍니다

신주머니에서 실내화를 꺼내 현관 바닥에
패대기치는 것은 까닭이 없는 것이 아닙니다
이놈의 코로나19
어서 꺼져 없어지라는 것입니다

보통 3월 초에 입학식을 하고 학교에 등교하는 1학년 신입
생들이 6월 초순에서야 처음 학교에 나와 교실을 찾고 담임
선생님과 첫 대면하는 장면이 또다시 재연되는 일이 없었으
면 좋겠습니다. 학생들이 염원하듯 하루빨리 코로나가 사라
져 서로가 더욱 가까이 다가가 사랑과 희망을 담은 밝은 미
소를 마음껏 쏟아냈으면 좋겠습니다.

송재만

- 수필가
- 한국시맥문인협회 고문
- 목포과학대학 물리치료학과 졸업
- 목포대학교 생약학과 졸업
- 광주대학교 법학과 졸업
- 동국대학교 대학원 석사 졸업
- CALIFORNIA KERNEL UNIVERSITY 한의대 중퇴
- 방송통신대학교 환경보건학과
- 동국대학교 식품공학과
- 83한약동우회 총무이사
- 사단법인 한국생약협회 중앙특임이사
- 현재 송광약업사 대표
- 동인지: 「시맥의 창」

사랑과 출생

인생에서 가장 아름답고 숭고한 것은 무엇일까? 사람에 따라 여러 가지의 해답이 나올 것이다. 해 질 무렵 붉게 타는 저녁놀, 비 오는 날의 들판, 아름다운 음악, 또는 삶을 아름답고 강렬하게 표현한 음악 등 다양할 것이다.

나에게 가장 아름다운 것을 묻는다면 그것은 남녀 간의 사랑일 것이라고 말하고 싶다. 남녀 간의 사랑이라면 연인 간의 사랑을 포함하고 또한 어머니와 자녀 간의 사랑이라고 말할 수가 있다.

물론 아버지와 자녀 간의 사랑도 중요한 것이지만 굳이 가장 아름다운 것을 말한다면 그것은 남녀 간의 애정, 그리고 어머니와 자녀 간의 사랑이라고 단언하고 싶다.

남녀 간의 애정은 청춘의 시기에도 아름답지만 청춘이 되기 전 소나기라는 단편소설에 등장하듯이 초등학교 아동 시절의 사랑도 있거니와 사춘기 소년 소녀 시절의 사랑도 있다.

만약에 큐피드가 사랑의 화살을 쏘지 않는다면 인생은 거의 무의미하고 건조한 삶이 될 것이다. 그리고 인간은 누구나가 남녀노소를 불문하고 사랑에 빠진다. 이것은 일종의 진리인 셈이다.

사랑에 빠지는 데는 나이가 소용이 없고 남녀가 소용이

없다. 일단 큐피드가 사랑의 화살을 쏘게 되면 오직 그 사람만을 생각하게 되는 것이다. 특히 청춘 남녀의 사랑은 가장 아름답고 숭고하기까지 하다. 사랑에 빠지는 순간 자기 자신을 알게 되고 눈을 뜨는 순간 다른 사람에 대한 배려가 무엇인지 다른 사람이 자기에게 원하는 것이 무엇인지를 깊이 생각하게 된다.

청춘 남녀의 사랑은 그들이 사랑을 성취할 수도 있고 안타깝게 사랑이 이별로 종말을 지을 수도 있다. 사랑을 쟁취하는 사람도 있는 반면에 괴테의 소설에 나오는 베르테르처럼 사랑에 실패하여 목숨을 버리는 경우도 있다. 하물며 셰익스피어의 로미오와 줄리엣처럼 자신들의 사랑을 비관하여 비극으로 끝나기까지 한다. 누구나 나이가 차게 되면 사랑에 눈을 뜨게 된다. 그래서 세상은 남자만으로 이루어지지 않고 여자가 존재하며 이것은 신비하고 기묘한 조물주의 창조의 섭리이자 완벽한 조화라고 볼 수도 있다. 세상에 남자만으로 구성되거나 여자만으로 구성된다면 얼마나 무미건조한 세상이 될 것인가?

그 흔한 드라마의 사랑이나 영화의 사랑, 그림이나 음악의 주제, 아름다운 여성을 쟁취하기 위해 서로 싸우는 그리스 로마신화에 등장하는 영웅들의 이야기, 그리고 역사적인 사건 등 남녀가 존재하기 때문에 사랑이 있고 인생은 아름다운 것이다.

특히 남녀 간의 청춘 시절의 사랑은 그것이 희극으로 끝나건 비극으로 끝나건 아름다운 것이다. 사랑은 만남으로 비롯된다. 첫 만남으로부터 서로 간 아니 저런 여성이 있다니, 아니 저런 남성이 있다니 하면서 서로 마음속에서 다른 이성(異性)을 품는 것이다.

그리고 연애 기간을 갖는다. 서로 만나기로 약속을 정하고 거울 앞에서 자신을 보는 시간이 많아지게 된다. 선물을 준비하고 어떻게 하면 상대를 기쁘게 만족시켜 줄 것인가 고민하게 된다.

또한, 이러한 자신만이 간직한 사랑이 아무에게도 알려지는 것을 바라지 않는다. 행여 다른 사람이 눈치챌까 전전긍긍하며 자신만의 사랑으로 청춘남녀는 세상 누구보다 아름다운 것이다.

만나서 이야기하고 이야기하지 않더라도 얼굴만 보는 것으로도 즐겁다. 그리고 자연스럽게 신체적인 접촉을 하게 된다. 이것에 대해 누가 가르쳐준 적도 없다. 손과 손이 맞닿게 되고 서로를 터치하게 되는 것이다.

그리고 그들의 사랑이 영원하기를 바라고 그 누구도 방해하지 않게 만들며 자신들만의 공간을 갖고 싶어 한다. 청춘남녀는 이러한 사실을 당분간은 비밀스럽게 간직하며 결국 가족에게 소개하고 결혼으로 이어진다.

남녀가 만나서 사랑을 하고 결혼으로 이어지는 것은 조물

주가 주신 축복이다. 그동안 비밀리에 만나다가 결혼을 하여 이제는 같은 공간에서 서로 평생을 생활하게 되는 것 얼마나 즐겁고 기쁜 일인가? 서로를 위해 아름답게 가꾸고 거리를 산책하며 고궁을 찾기도 하며 손을 꼭 잡고 서로 간의 사랑을 나눈다. 그리고 두 남녀는 사랑을 하게 되며 그것은 임신과 출산으로 이어진다.

임신한 여성을 위한 남자의 노력, 눈물겹기까지 하다. 임신한 여성은 이제 어머니로서 준비를 시작하는 것이다.

최근에 우리나라는 출산율이 저하되어 앞으로 복지국가를 향해가고 선진국을 향해가는 데 걸림돌이 될 것이라는 언론 보도가 많이 등장하고 있다. 그만큼 세상살이가 각박하다는 증거인데 아무리 세상이 어렵더라도 출산하는 것은 아름다운 것이고 축복이라는 기본적인 생각은 지켜져야만 할 것이다.

출산과 관련하여서는 여러 가지 어려운 상황이 발생하기도 한다. 미혼모의 출산, 비정상적인 남녀 사이의 출산 등이다.

지금은 세상이 좋아져서 태어나면서부터 귀천이 나누어져 있지 않다. 태어나면서 귀족이니 상놈이니 하는 시대가 아니다. 그리고 태어나면 교육 환경에 따라 얼마든지 성공할 수가 있는 세상이다.

그러므로 아이들의 출생은 축복이어야 한다. 또한 자신의 소유한 것들을 아이들에게 양도할 수 있는 부모로서의 자세가 필요하며 아이들은 사랑받고 소중한 존재로서 키워져야만 한다.

내리사랑이란 말이 있듯이 그것을 나의 자녀들에게 선사하며 살아가고 있는 것이다.

어진이

- 충남 보령 출생
- 수필가
- 한국시맥문인협회 자문위원장
- 경희대학교 사회교육부 객원교수
- 심정문학 회원
- 동인지: 『시맥의 창』

사색

    일이 풀리지 않거나 대화에 벽이 두꺼운 날엔 피로감이 가중되는 것 같습니다. 자리에 누워도 쉽게 잠들지 못하겠고 이리저리 뒤척이다 결국은 책을 집어 듭니다. 한낮에 지녔던 옹졸함을 풀어주며, 굽은 심지를 잡아주는 것은 그래도 독서인 듯합니다.

    주변을 정돈하고 맘자리를 가지런히 한 다음, 茶 한 잔을 옆에 둡니다, 송학처럼 맑은 기분입니다. 호젓한 시간에 평온함이 이런 것인가 봅니다. 카네기의 『인간관계론』을 반복해봅니다. 사람과 사람 사이 언행을 다양한 각도로 상세히 안내하는군요.

    같은 내용이라도 만나는 시점에 따라 다짐이 다릅니다. 어느 땐 인간 관계론을 출발점으로 놓고 봅니다, 어느 땐 상대와 갈등 장면을 놓고 글을 접목시킵니다. 지금은 여러 인물과 인연을 헤아리며 그와 마무리 장면을 놓고 내 마음자리를 대입합니다.

    참 빠르고 아쉬운 게 관계와 시간입니다. 한 해가 시작되는가 싶은데 시월 후반입니다. 개강도 없이 한 학기가 지납니다. 올해는 유독 시간과 잔고를 가늠해야 할 것 같습니다.

초조합니다. 잠결에 일어나 찬물을 마신 듯 정신이 번쩍 투명해집니다.

인생 뭐 있나, 자신을 위해 살라는 주변 목소리도 들립니다. 한편으로는 일리 있는 말입니다만, 자기를 위한 삶이 무엇입니까! 너와 나, 만남 필요, 인내 도움, 즐거움,
보람. 행복으로 귀결되나요! 결국 오늘밤도 '자기답게 성숙하라'는 구절을 새기며 잠자리에 듭니다.

인정

당신은 어떤 경우에 존재 가치를 느끼는가?

카네기 처세술에 나오는 질문입니다. 질문 자체가 존재의 가치이니 명예를 논하는 내용이겠지요.

상실 중에 명예 실추는 극도의 스트레스를 유발하고 생의 존망까지 위협한다니 그러니 인정의 갈망에는 인정이 약일 것입니다.

하지만 그 인정이란 게 하루 이틀에 만들어지는 겁니까! 게다가 마땅한 칭찬과 귀맛 좋은 아첨의 구분이 모호할 때가 있어요. 계산된 아첨은 칭찬을 닮았거든요. 그러나 가슴을 울리는 칭찬에 비해 아첨은 입술로부터 나오는 겁니다. 아첨이 인정처럼 비춰지는 경우가 있기에 하는 말입니다.

어떤 이는 입술에 자꾸 침 바르며 말하는 걸 경계하라는데 맞는 말인가요? 아무튼, 생활 웬만한 건 노력 여하에 따라 충족될 수 있으나 이름과 인품에 마땅한 '인정'은 접목하기 어려운 단어입니다.

상생의 생애. 유일한 사람의 유일한 이름자로 남는 것! 내 평생의 목표요, 업적이라고 생각합니다.

그동안 어렵게 공부를 하고 직업을 구하고, 힘들게 돈을 벌고, 동반자를 찾는 까닭은 모두가 '인정의 과정'이라 생각되네요.

그 자리에 그대가 어울리나요?
그 사람에 그대가 마땅한가요?
혹 그 자리 무리하진 않습니까?
자문입니다. 스스로 점검입니다.
그대도 해보시지요!

세상에 밝은 이름을 보면 남다른 노력을 했고, 노력의 또다른 이름이 '인정'입니다. 사나이는 자기를 믿어주는 이에게 목숨을 걸고, 여인은 정절을 바친다는 말이 있더군요. 인정의 맥락으로 봅니다. 남은 인생길 최상의 양분인 '칭찬과 인정' 부디, 마땅해야겠습니다.

신인문학상

김봉술

- 경남 함양 출생
- 낭송가
- 한국시맥문인협회 낭송부회장
- 수상: 서울특별시장상(2017 우수 소상공인),
  산업자원통상부 장관상(2018 국내 패션봉재산업 기여),
  중소기업인대회시상(2019)
- 동인지: 『시맥의 창』

시 부문 신인문학상 등단 소감

··· 김봉술

저는 어려서부터 시골 함양에서 자랐습니다. 산세가 수려한 곳이다 보니 자연에 대한 동경과 아울러 문학에 대한 열정과 시인에 대한 작은 꿈을 지니게 되었습니다. 하지만, 저의 환경은 미치지 못했고 생계형 가장으로서 삶을 살아야만 했습니다.

시간이 흘러 사업도 성장하여 이제는 지난날의 시간을 돌아보며 다시 시에 대한 생각들을 정리하다가 낭송을 먼저 시작하였고, 이번에 순수문학을 추구하는 한국시맥문인협회 신인상 공모에 당당히 도전하게 되었습니다. 간절하면 소원이 이루어진다 했던가요.

기다리던 신인상 당선 소식을 접하고 너무나 감동했습니다. 문학과 시에 대한 초보인 제가 이제는 더 열심히 시 공부와 문학을 배워야겠다는 강한 열망이 제 안에 있는 것을 보았습니다. 겸손한 마음으로 열심히 초심으로 배우고 익혀 나가도록 하겠습니다.

끝으로 이번 시인으로 등단을 하기까지 격려와 사랑으로 아낌없는 지도 편달을 주신, 시맥 송윤주 대표님과 오세주 수석부회장님께 깊은 감사를 올립니다. 사랑하는 가족들에게도 고마움을 전합니다. 고맙습니다.

갈대 인생

은은한 너의 향기를 기다리다가
잎새에 지는 가느다란 손길 사이로
늦가을은 저만치 소리 없이 지나가고
흩날리는 너의 눈물 누구를 원망하랴

인생이 다 그러하듯
갈대처럼 정처 없이 휘날리다가
가느다란 너의 몸체 바람에 흔들리고
아는지 모르는지 하늘 향해 두 팔 벌린
내 이름은 갈대라 부르리라

살다 보니 바람이 불어
가녀린 내 몸 위로 소낙비도 지나가고
바람아 불지 마라 애타는 나의 가슴아
고진감래 실타래를 풀어볼거나

아아
가을은 가고
햇살은 저렇게 풍요로운데

골드의 하루

고개를 갸웃거리며 반기는 사랑
그리도 좋을까
하품도 하고, 앞뒤 발을 쭈욱 내밀며
방가방가 재롱도 피운다

신발 끈 조여 매고 회사 갈까
개선장군처럼 달려오는 열정과 충성
인간보다도 더 사랑스러운 내 아들
하루의 시작을 기분 좋게 입맞춤 한다

길을 지나다 넉살 좋게
킁킁거리며 전봇대를 붙들어
주위의 눈치도 아랑곳하지 않고
멀리 자연을 응시하며 콧노래를 부른다

일곱 살 우리 집 막내둥이
전화벨 울리면 가장 먼저 달리고
소파 위 리모컨을 가져다 놓고
이방 저방 서커스 공연 배우처럼
온몸으로 신나는 춤사위를 보인다

배봉산의 사계(四季)

천상의 노래로 화합의 잔치에 초대하고픈
산세의 수려함 속에서 자유로운 연상을 시작한다

개나리, 진달래, 철쭉으로 화사하게 수놓아
남녘에서 불어오는 포근한 기운으로 맞이하는
상큼한 디자인으로 계절을 예비하듯
노랑 원피스, 연분홍 재킷, 짙푸른 롱코트
백색 꽃가루로 축복의 세레나데를 펼쳐 보인다

배봉산의 가을 색은 화려함으로 다가오고
울긋불긋 동심의 눈으로 본 정상에는
산야를 휘감아 돈, 천심의 마음을 지녔다

계곡 사이로 흐르는 차가운 기운에
앙상한 가지만 덩그러니 보이던 서설의 비춰에
보금자리가 화려한 지난날을 회상하며
희망의 노래로 조용히 겨울을 맞이한다

일어나라
사계(四季)가 역동적인 산이여

부도 수표

세상에 태어나 눈도 귀도 없는 것이
공허함으로 존재의 여부를 묻는 질문에
나는 누구인가
손도 발도 없어 소리 없이
온 천하를 호령하고 다닌다

누구를 죽이려는가
초대하지 않아도 불쑥 찾아오는 미완성이여
희망과 용기를 주는 자에게
눈물과 슬픔을 안기는 자에게

백지 위의 숫자 따라
색상 따라 늘어선 꼬리처럼
새롭게 탄생한 그 이름 앞에서
얼굴 위에 찍힌 낙인으로
긴 인생의 여정을 마무리한다

향수(鄕愁)의 전당

아련한 옛 생각에 미소가 머금어진다
실개천 흐르는 봄볕에는 아지랑이 피어오르고
아버지 사랑 소를 몰고 지게 세워 지나다
하루 종일 밭고랑 치다 냉수 한 사발 드시던
후덕한 인심이 스치던 그 시절 그 추억

눈을 감아 풍경을 그려 본다
살며시 감은 눈에 그리움의 이슬이 내려오고
가슴마다 심장이 고동치는 설렘으로
꽁보리밥 나누던 가족들의 웃음꽃도 반갑다

앞산은 냇가로 흐르는 논밭의 보금자리
뒷산은 복숭아꽃 흐드러지게 피던 과수원 길 사이로
누이 손잡고 콧노래로 흥얼거리던
내 고향 어린 시절의 추억 한 장

나도 이제 세월의 흐름을 기억하는 것일까
백색으로 물들여진 머리카락 너머에
눈물짓던 향수의 전당이 새겨져 있다

고향,
언제나 불러도 변하지 않는 인심의 덕이다

"시인의 마음이
아름답기 그지없다."

… 허형만(시인, 목포대 명예교수)

　김봉술의 「향수(鄕愁)의 전당」 외 4편을 당선작으로 뽑는다. 「향수(鄕愁)의 전당」은 고향을 그리워하는 마음이 절절하게 표현되어 있다.

　'어린 시절'의 농사에 전념하시던 '아버지 사랑'을 통한 '후덕한 인심'을 그리워하고 '언제나 불러도 변하지 않는 인심'의 대명사인 '고향'이 나이가 들어서도 소중하게 간직되어 있음을 볼 수 있다.

　「갈대 인생」과 「부도 수표」에서는 '갈대처럼 정처 없이 휘날리고', 부도 수표처럼 '백지 위의 숫자'로 '긴 인생의 여정'을 살아가지만 '고진감래 실타래'를 풀어보고자 하는 마음, 또한 '나는 누구인가'라는 자아 성찰의 힘이 돋보인다.

　한편, 「골드의 하루」에서는 한 가족으로 살아가는 애완견 골드의 생활을 따뜻한 시선으로, 「배봉산의 사계(四季)」에서는 봄·여름(2연), 가을(3연), 겨울(4연)의 '역동적인 산'과 '산세의 수려함'을 '축복', '천심', '희망'으로 바라보는 시인의 마음이 아름답기 그지없다.

자연과 인생에 대한 경이감을 놓치지 않는 김봉술 님의 신인상 당선을 축하한다.

류성춘

- 전북 정읍 출생
- 낭송가, 사진작가
- 한국시맥문인협회 낭송 이사
- 사)한국아시아프로골프협회 이사(현)
- 사)은빛희망협회 이사(현)
- 사)한국노동문화예술협회 이사(현)
- 동인지: 『시맥의 창』

··· 류성춘

이른 새벽 기상하여 기도를 드린 다음, 집을 나서 기본으로 5㎞ 걷기를 십수 년, 이와 더불어 현장의 풍경이나 야생화를 영상으로 지인들과 공유하면서 자연의 아름다움을 시로 표현할 수는 없을까 하던 차에 시 낭송 공부하기에 이르렀고, 이어서 시를 쓰면서 시인이 되고자 한국시맥문인협회에 신인문학상에 도전하였으나 전혀 기대조차 하지 않고 있던 차, 막상 당선 소식을 접하고 보니 기쁘기도 하지만 한편으로는 걱정이 앞서기도 합니다. 시에 대한 지식과 경험이 일천하기 때문이지요.

금번 등단을 계기로 자연과 벗하며 때로는 스승으로 여겨 초지일관(初志一貫) 수기이경(修己以敬)의 자세로 더욱 매진하여 한국시맥문인협회에 누가 되지 않도록 최선을 다하겠습니다.

오늘이 있기까지 시문학에 대한 지도편달을 아끼지 않으신 장충열 교수님과 송윤주 대표님, 오세주 수석부회장님, 그리고 변변치 못한 저의 글을 예쁘게 봐주신 심사위원님들께 진심 어린 감사의 말씀을 드립니다.

사랑 또 하나의 노래

영혼이 육신과 더불어
잠시 머물다가는 아침이슬
눈부신 햇살을 맞으며
하늘에 감사하고 그 사랑에 기뻐한다

가을 단풍잎이 저리도 진홍빛으로 노래하고
빈자리를 채워주는 공허함마저
사랑 노래로 화답하는 것은
영원에 비하면 찰나에 불과한 인생을
가보(家寶)라고 여겨주는 제스처인 것을

살맛나는 인생을 보노라면
차 한 잔의 여유를 즐기고
지난날의 추억을 그리며
블랙커피의 애잔함을 그려 본다

주마등처럼 스쳐 가는 사랑도
사랑이 없는 행복은 있을 수 없고
행복이 없는 사랑은 무의미한 것

가을 하늘 아래,
사랑을 노래하노니
우리 사랑 영원하리라

자연에서 배우는 삶

로마 성당 돌기둥에도 꽃은 피고
통째로 잘려나간 나무에도
새순이 돋아나는 지혜로운 모습을 보았다

지난 태풍에 찢기운 나팔꽃잎
비바람 등지고 버텨온 인내로
화려함으로 등장한 그 고운 자태를
누가 탓할 수 있으랴

자연은 언제나 그대로인데
인간은 무수하게 다변화한 것을
돌밭에 홀로 피어 있는 민들레처럼
꿋꿋한 의지의 무언의 속삭임

보이는가
느끼는가
자연의 순리 앞에 우리의 모습을

오리 공주의 산책

청명한 가을에
하늘은 소풍을 왔나 보다

인적이 드문 인천대공원
호숫가 펼쳐진 환상의 정경들
오리 공주 산책을 시작한다

황급히 달려온 오리 백차
사이드카 발령하고

화들짝 놀란 가슴마다
달맞이, 부처, 달개비
꽃향기 바람에 날리다가

드넓은 호숫가 하늘도 감동하여
핑크빛 융단 드리우고
까치, 매미, 풀벌레 합창을 한다

관모산(冠帽山) 봉화

봄이 오는 길목
관모산 정상에 봉화가 올랐다

울긋불긋 피어오르는 진달래
노란 개나리 누구를 기다리는가

묵묵하게 인적을 그리워하는
후하게 베푸는 인심 어린 여정이여
말없이 바라보는 홍매화
세월과 역사 앞에서 붉게도 피었구나

마음이 있지 않으면
보아도 보이지 않고
금방이라도 둥둥둥
소식을 알리는 소리

마음이 있지 않으면
들어도 들리지 않는다는 것을
음식을 먹어도 그 맛을 모른다는 것을

보이는가
봄이 오는 모습,
불타고 있는 정상의 혼이여

지팡이 소리

동트기 전
지축을 울리는
지팡이 소리

어떤 소리일까
운동장처럼 펼쳐진 둘레길 따라
노파의 산책길 시작한다

마음은 청춘인데
몸 따로 마음 따로
갈 길은 먼데 어이할까

쿵, 쓰윽~ 쾅, 쓰윽~
지팡이 소리
운동화 끄는 소리

전동 휠체어 버려둔 채
몸 부리는 까닭은
행불언지교(行不言之敎)이런가

"새로운 시적 감수성을
보여주고 있다"

··· 허형만(시인, 목포대 명예교수)

류성춘의 「관모산(冠帽山) 봉화」는 산 정상에 피어있는 봄 꽃을 봉화(烽火)에 비유하여 시각적으로 형상화한 작품으로 "봄이 오는 모습, / 불타고 있는 정상의 혼"도 "마음이 있지 않으면/보아도 보이지 않고" "마음이 있지 않으면 / 들어도 들리지 않는다"는 시인의 사상을 잘 전달하고 있다.

「사랑 또 하나의 노래」는 아침이면 햇살에 녹는 이슬에 대한 상식적인 인식을 뒤엎고 오히려 "하늘에 감사하고 그 사랑에 기뻐한다"고 표현함으로써 새로운 시적 감수성을 보여주고 있다.

「지팡이 소리」는 둘레길에서 노파가 "전동차 휠체어 버려둔 채" 산책하면서 "지축을 울리"듯 짚고 가는 지팡이 소리에 화자가 감동하는 모습이 환히 펼쳐진다. 「오리 공주의 산책」과 「자연에서 배우는 삶」은 우주적 상상력이 돋보인다. 특히 "청명한 가을에 / 하늘은 소풍을 왔나 보다"(「오리 공주의 산책」), "로마 성당 돌기둥에도 꽃은 피고 / 통째로 잘려나간 나무에도 / 새순이 돋아나는 지혜로운 모습을 나는 보았다"(「자연에서 배우는 삶」)가 압권이다.

자연과 인생에 대한 경이감을 놓치지 않는 류성춘 님의 신인상 당선을 축하한다.

한익수

- 경남 함양 출생
- 한국시맥문인협회 고문
- 미래신문 환경신문 칼럼니스트, 기업체 등 전문강사
- 1000회 이상의 강의 경력(주제: 혁신의 비밀, 인생 5모작) 방송
- 한국경제TV, TBC, CTS 등 특강 프로, 시사자키 등 출연
- 전 대우자동차 우크라이나 법인공장장, GM Korea 전무 부사장 외
- 현 한양정밀 사장, 한미약품 사외이사, REPS경영연구서 소장 외
- 수상: 석탑산업훈장(2004), 대한민국상품대상(2013),
  GM Supplier Excellent Award(2014),
  한국아이디어 대상 최고경영자상(2015)
- 저서: 『우리는 우리를 넘어섰다』, 『결국 꿈은 이루어진다』,
  『명강사 25시』
- 공저: 『우리에겐 세계경영이 있습니다』
- 동인지: 『시맥의 창』

··· 한익수

수필가 등단 당선 소식을 듣고 마음속으로 기쁨을 감출수가 없습니다. 그동안 칼럼이나 기고문 등을 통해 글쓰기를 꾸준히 해오고 책도 몇 권 냈지만, 문학을 별도로 공부한 일이 없는 제가 쓴 글들이 과연 전문성이 있는지 항상 의문을 가지고 있었기 때문입니다. 늦은 나이이긴 하지만 전문가분들의 공식적인 인정을 받은 것이기에 더없이 기쁩니다.

이제 수필가 대열에 입문했으니 새로 시작한다는 마음으로 책임감을 가지고 선배 문우님들께 누가 되지 않도록 더욱 열심히 노력하겠습니다. 그리고 지금까지 사회에 많은 혜택을 입고 살아왔으니 그동안의 경험과 지혜를 좋은 글로 남겨 보다 풍요롭고 아름다운 사회를 만들어가는 데 일익을 담당하도록 노력하겠습니다.

보잘것없는 저의 글을 인정해 주시고 당선시켜 주신 심사위원 여러분과 등단의 길로 이끌어 주시고 지도를 아끼지 않으신 송윤주 대표님과 문우님들께 감사를 드립니다.

자연은 스승이다

내가 알프스를 찾은 것은 10여 년 전이다. 40여 년이라는 긴 직장 생활을 마무리하고 그동안 치열하게 살아온 나 자신에게 쉼의 시간을 주고, 인생 후반의 삶을 생각하며 떠난 세계여행지 중 세 번째로 찾은 곳이었다. 10여 년이 지난 지금도 알프스가 생생하게 기억되는 것은 알프스의 그 아름다움 외에도 나에게는 특별한 추억이 있는 곳이기 때문이다.

알프스는 스위스, 프랑스, 이탈리아, 오스트리아에 길게 걸쳐 있어 유럽의 지붕이라고 불릴 만큼 거대하다. 4,150m나 되는 알프스의 최고봉 융프라우 정상을 향해 산악 열차를 타고 오르다 보면 경이로운 알프스의 경관이 한눈에 들어온다. 신이 빚어낸 알프스의 보석이라고 불리는 융프라우 전망대에 오르면 한여름에도 새하얀 설원이 사방에 펼쳐진다. 멀리 보이는 은빛 빙하와 거친 암반 그리고 강렬한 태양이 어우러져 만들어내는 절경, 코끝을 스치는 싱그러운 공기와 함께 황홀감에 젖어 넋을 잃고 자연의 아름다움에 취했던 기억이 지금도 생생하다.

융프라우 정상을 향해 오르다 보면 산 중턱에 아름다운 숲속 마을들이 동화의 나라처럼 한눈에 들어온다. 환경에 관심이 많은 내 눈에는 그곳이 예사롭지 않게 보였다. 해발

2,000m가 넘는 높은 산자락에도 집들 주변에 잡초가 무성하지 않았다. '그 높고 방대한 산 중턱에까지 어떻게 잡풀 하나 없이 환경이 잘 조성되어 있을까?'라는 의문을 불러일으켰다. 시내에 내려와서도 주변 환경을 살펴보았다. 마을이나 도로 주변도 관광지답지 않게 깨끗했다. 여기서 스위스가 세계적으로 가장 정밀한 시계를 잘 만들 수 있는 것이 이 나라의 환경과 무관하지 않다는 생각을 하게 되었다.

아름다운 호수와 동화 같은 마을이 어우러진 유서 깊은 루체른 올드타운에는 제일 호텔이 있다. 이 호텔은 1862년 스위스 최초로 지어진 감옥으로 1998년에 호텔로 개조되었다. 그래서 감옥 호텔(Jail Hotel)이라고 부른다. 스위스는 세계에서 죄수가 가장 적은 나라 중 하나다. 한때 산업이 발전되면서 환경이 오염되었으나 차츰 환경이 회복되면서 질서의식이 살아나고 죄수도 점점 줄어들기 시작했다는 것이다. 죄수가 점점 줄어서 죄수가 없는 날에는 감옥 앞에 하얀 깃발을 올렸는데, 하얀 깃발이 게양되는 날이 늘어나면서 감옥을 개조하여 호텔로 활용할 생각을 하게 된 것이다. 감옥 호텔은 스위스 외에도 캐나다, 핀란드, 네덜란드, 영국에도 있다. 죄수가 점점 줄어서 감옥을 호텔로 개조해 가는 나라들은 대부분 환경이 깨끗하고 환경 보존을 잘 하는 나라들이다.

스위스가 세계적인 관광지가 된 것은 빼어난 경관뿐만 아니라 국가 차원에서 생태계 보전에 집중하는 노력을 기울이고, 국민들의 의식 속에 자연을 사랑하는 마음이 있기 때문이다. 깨끗하고 안전한 나라를 가꾸어 나가는 데는 두 가지 유형이 있다. 하나는 어른들의 솔선수범과 가정교육, 학교교육이다. 가정과 학교의 교육을 통해 '남에게 피해를 주면 안 된다'는 의식이 문화로 자리 잡은 터전 위에 환경 정책이 제도적으로 정착되도록 하는 것이다. 다른 하나는 싱가포르처럼 엄격한 법을 만들어 사회질서를 바로잡기 위해 무거운 처벌을 통해서 환경과 질서를 정착시킨 경우이다. 싱가포르는 1965년 말레이시아 연방으로부터 분리 독립될 당시만 해도 1인당 GDP가 400달러에 불과한 가난한 나라였다.

이러한 싱가포르를 국민소득 5만 달러가 넘는 세계 초일류 국가로 만든 데는 탁월한 통치 철학을 가진 지도자 리콴유가 있다. 싱가포르에선 많은 행위들이 공공질서 위반으로 간주되어 벌금이 부과되고 있는데 우리로서는 상상할 수 없을 정도이다. '한 나라가 발전하기 위하여 가장 먼저 필요한 것은 민주주의보다 규율과 질서이다. 규율과 질서를 지키는 사람만이 민주주의를 수호하기 위해 투쟁할 자격도 있다'라는 리콴유의 생각이 실현된 사례이다.

환경이 깨끗한 나라가 선진국이다. 스위스, 노르웨이, 스웨덴, 일본, 싱가포르, 독일 모두 환경이 깨끗한 나라들이다. 이러한 나라들은 하나같이 품질 좋은 제품을 만들어 부강한 나라가 되었다. 환경을 깨끗이 하면 사람들의 마음도 깨끗해지고, 깨끗한 환경과 깨끗한 마음에서 깨끗한 품질 좋은 제품이 만들어진다.

자연 속에 혁신의 아이디어가 숨어 있다. 이 세상의 유명한 발명품 중에는 자연이나 동식물로부터 영감을 얻어 만들어진 것이 많다. 비행기는 하늘을 자유롭게 나는 새에서 영감을 얻었고, 잠수함은 물속의 왕자, 고래에서 영감을 얻었다. 항공기의 날개, 프로펠러 그리고 풍력터빈 블레이드 등은 고래의 지느러미에서 아이디어를 얻었다. 잠자리에서 영감을 얻어 드론을 개발했고, 파리와 곤충의 날갯짓에서 오래 활공할 수 있는 드론을 만드는 데 성공했다. 도마뱀이 천정에 거꾸로 매달려 기어가는 모습을 보고 도마뱀의 발바닥을 분석해서 테이프를 개발했다고 한다. 교통전문가 와니스 카바지(Wanis Kabbaj)는 우리 생체 생명 활동의 우수성을 보고 영감을 얻어 미래의 교통 체계를 연구하고 있다. 역동적인 무인 운전 세상을 실현할 수 있는 분리식 버스와 날아다니는 택시, 자력 교통망 등의 흥미 있는 개념을 연구하고 있다.

케임브리지 대학에서 물리학, 수학을 공부하던 아이작 뉴턴은 1667년 영국에 흑사병이 돌아 학교가 2개월간 휴교를 하게 되자 고향으로 내려간다. 그곳에서 어느 날 사과나무에서 사과가 떨어지는 것을 보고 만유인력을 발견했다. 그는 이런 말을 남겼다. "나는 내가 세상에 어떻게 비치는지 알지 못합니다. 그러나 적어도 나에게 있어 나 자신은, 진리의 큰 바다가 아직 밝혀지지 않은 그대로 아득히 놓여 있는 바닷가에서 뛰놀면서 좀 더 둥그스름한 조약돌을 찾았거나, 보통 것보다 더 예쁜 조개를 주웠다고 좋아하는 작은 소년에 불과합니다."

이번 여행은 나에게 인생 후반의 삶에 대한 생각을 다시 하게 하는 계기를 만들어 주었다. 틀에 박힌 시간 생활에서 벗어나 여생을 손자들과 시간을 보내면서 좋아하는 운동도 하고 여행을 하며 자유로운 영혼으로 살아가려던 생각에서 말이다. 인생 후반을 그동안 연구해온 나의 브랜드가 된 환경을 기반으로 하는 혁신 시스템인 환경 품질 책임제 혁신 시스템을 좀 더 연구 발전시켜 내가 태어난 이 나라의 환경을 깨끗이 하여 살기 좋은 나라를 만들어 가는데 기여하면서 살아가는 것이 보람된 일이라는 생각을 하게 된 것이다. 그리고 다시 새로운 일자리를 찾았다.

여느 중소기업과 다름없이 인력난과 잦은 인원 변동으로 경영의 어려움을 겪던 한 중견기업의 사장이 되었다. 이 회사는 환경 품질 책임제 혁신 운동을 시작한 지 4년 만에 환경 변화를 통한 의식개혁을 바탕으로 생산성, 품질이 획기적으로 좋아지면서 놀라운 경영혁신성과를 이루었다. 마침내 중소기업뿐만 아니라 국내외 굴지의 대기업 임직원들이 잇따라 벤치마킹하는 회사가 되었다. 나는 이 성공 스토리를 혁신의 비밀'이라는 책에 담았다. RBPS 경영연구소를 설립하고 글쓰기, 강연, 컨설팅을 추진하면서 지구를 깨끗이 한다는 새로운 비전을 갖게 되었다.

　새로운 혁신은 서로 다른 환경과의 만남에서 생겨난다. 1990년대 초 내가 일본을 방문했을 때 깨끗한 거리와 질서 있는 사람들의 모습을 보고 최고 품질의 제품을 만들려면 어떻게 해야 하는지를 알게 되었고, 환경이 사람을 변화시킨다는 것을 찾아내어 한국형 창조 경영 혁신 시스템인 'RBPS(환경품질 책임제)' 혁신 시스템을 구축하게 되었다. 사과나무가 자라 열매를 맺는 모습을 보고 성공 조직의 원리를 발견했다. 그리고 알프스 여행을 하면서 내 인생 후반 새로운 삶의 방향을 찾았다.

　자연은 스승이다. 자연은 항상 무언가를 찾는 사람에게 새로운 지혜를 줄 준비를 갖추고 있다.

　여행은 우리에게 쉼과 위안을 주고 자연과의 만남을 통해 새로운 지혜를 더해 준다. 그래서 사람들은 자주 여행을 떠나고 싶어 하나 보다. 알프스는 나에게 새로운 비전을 준 나의 큰 스승이다.

추억의 여비서

1996년 겨울 어느 날, 대우-우크라이나 합자회사인 오토
쟈즈-대우공장의 공장장으로 발령이 났다.

그때는 대우그룹의 세계 경영이 한창 꽃피울 때였다. 당시
대우의 세계 경영은 앞으로 발전 가능성이 많고 다른 기업
들이 아직 진출하지 않은 옛 공산국가였던 동구권에 집중되
었다. 우크라이나는 폴란드, 루마니아, 체코, 우즈베키스탄
에 이어 마지막으로 진출하게 된 나라다. 발령이 나자 나는
부랴부랴 간단한 짐만 겨우 챙겨서 말로만 듣던 미지의 땅
우크라이나를 향했다.

직항 노선이 없어 독일 프랑크푸르트 공항을 거쳐 우크라
이나의 수도 키예프까지 가는 데는 12시간가량이 걸렸다.
키예프에서 회사가 위치한 자포로지까지 가려면 다시 국내
선 비행기로 갈아타야 한다.

국내선 공항으로 이동해서 대합실에 앉아 한참을 기다리
자 작은 프로펠러 비행기 한 대가 서서히 다가왔다. 마구간
처럼 통나무 난간이 있는 입구에 늘어선 사람들을 따라 비
행기 트랩을 올랐다. 그런데 비행기는 좌석이 꽉 찼는데도
출발할 생각을 하지 않았다. 한참 후에 추가로 몇 사람이
올라오자 감청색 유니폼을 입은 아름다운 여승무원이 통로
에 접의자를 폈다. 그래도 자리가 부족하자 몇 사람이 서

있는 상태로 비행기는 활주로를 향해 움직이기 시작했다. 난생처음 입석 비행기를 탄 것이다. 영하 30도를 오르내리는 매서운 추위, 기내 온도가 영하다. 바람 소리와 프로펠러 소리가 요란하다.

얼마 전 이 노선에서 비행기 사고 소식을 접한 기억이 머릿속을 스친다. 세계 2차 대전 때 사용하던 프로펠러 비행기를 타고 가다가 사고가 났다는 소식이었다. 이 비행기가 바로 그런 비행기라고 생각하니 정신이 번쩍 들었다. 가슴을 조이며 타고 간 비행기는 3시간쯤 후에 자포로지 인근 드네프로 페트롭스끼 공항에 도착했다. 비행기 바퀴가 활주로에 닿자 덜커덩 소리를 내며 기체가 심하게 흔들렸다. 그러더니 마치 캥거루가 적을 만나 도망치는 것처럼 한참을 튀었다. 비행기가 출국장을 향해 이동하는 동안 창밖을 내다보았다. 활주로가 콘크리트 구조가 아니라 정방형 보도블록으로 깔려 있었다. 직감적으로 이 나라가 옛 소련에서 분리 독립된 이후 아직까지도 경제 사정이 열악하다는 것을 짐작하게 했다.

자포로지에 도착하니 선발대로 와 있는 직원이 숙소로 안내했다. 오래된 아파트 한 채를 빌려 주재원들이 임시로 사용하고 있었다. 네다섯 평 남짓한 작은 방에 야전침대 하나, 옷장 하나, 그리고 세면 시설 대신에 방 한구석에 샤워 부스가 있었다. 난방 시설은 작은 스토브 하나로 방 안에 냉기가 돌았다. 잠자리에 들기 전 샤워를 하려고 커튼으로 둘러싸인 샤워 부스 안으로 들어가 수도꼭지를 틀었더니 붉은 녹물이 섞여 나왔다. 준비해 간 침낭 속에 들어가 한 겨울 캠핑장에서도 경험해보지 못한 혹독한 추위 속에서 덜덜 떨며 첫날밤을 뜬눈으로 새웠다.

다음 날 아침 현지 임원의 안내로 공장을 둘러보았다. 100만 평이나 되는 넓은 대지 위에 80여 년 이상이 된 낡은 건물들이 여기저기 산재해 있었다. 공장 안에는 곳곳에 물이 새고 조명도 고장이 나서 어둠침침한데, 개 몇 마리만 어두운 공장 안을 활보하고 있었다. 과거에 자동차를 만들었던 공장이라고 상상이 안 될 정도로 낡은 설비들이다. 공장 바닥은 비포장도로처럼 먼지가 잔뜩 쌓여 있었다. 사무실을 둘러보았다. 직원들은 모두 개별 방을 사용하고 있었고, 문에는 자물쇠가 앞뒤로 하나씩 걸려 있었다. 공산주의 사회에서 비밀을 유지하기 위한 사무실 구조라는 생각이 들었다. 좁은 복도 사이로 즐비하게 배열된 사무실 모습이 마치 감옥을 연상케 했다. 오랫동안 경직된 공산주의 사회에서 획일적으로 훈련되어 시키는 일 외에는 관심이 없는 근로자들, 권위의식으로 무장된 관리자들의 모습을 직감할 수 있었다. 이렇게 언어와 문화가 다른 이질적인 환경에서 직원들을 훈련하고 공장을 혁신하여 품질 좋은 자동차를 만들어 동구권에 수출하는 세계 경영의 임무를 수행해야 하는데 걱정부터 앞섰다.

며칠이 지나자 나에게 여성 비서 한 명이 배정되었다. 이름은 '이리나', 아담한 키에 아름다운 미모 그리고 큼직한 파란 눈이 인상적이었다. 외국에서 일할 때 가장 어려운 것 중의 하나가 의사소통 문제이다. 더구나 이곳 우크라이나에서는 영어도 잘 통용되지 않는다. 우크라이나어가 따로 있기는 하지만 대부분 러시아어를 사용한다. 이러한 환경에서 비서 겸 통역의 역할은 업무를 추진해 나가는 데 절대적이다.

  그곳에 간 지 3개월쯤 지났을 때의 일이다. 현지 중역의 환갑잔치 행사에 축사 부탁을 받았다. 이들은 회사의 간부가 생일이 되면 평일에도 회사에서 행사를 크게 한다. 행사가 끝나면 사무실에 생일 축하 상을 차려 놓고 하루 종일 손님을 접대하는 풍습이 있다. 특히 임원 환갑 잔치에는 전통적으로 통솔 인원이 가장 많은 공장장이 행사장에서 축사를 하도록 되어 있다. 당황스러웠다. 아직 이쪽 사정도 잘 모르는 상황에서 어떤 스피치를 할지, 통역을 통해서 의사 전달이 잘 될지, 걱정이 되었다. 비서인 이리나에게 조언을 구했다. 한참 후에 그녀가 영문 스피치 초안을 만들어 가지고 왔다. 깔끔한 문장에 아주 훌륭한 내용이어서 약간의 수정만으로 축사 원고를 완성할 수 있었다. 그녀는 나에게 이렇게 귀띔까지 해주었다.
  "디렉터 한, 이곳 사람들은 영어를 알아듣는 사람이 거의 없으니 개략적으로 영어로 이야기해 주면 제가 내용을 숙지하고 있으니 러시아 말로 스피치를 잘 할 수 있을 것 같아요."

그날 스피치는 대성공이었다. 기립 박수까지 받았다. 행사가 끝나자 모두들 수군거렸다.

"공장장이 한국에서 온 지 얼마 안 되었는데 어떻게 그렇게 명 스피치를 할 수 있지?"

결국, 이 행사는 나뿐만 아니라 한국 사람들의 위상을 높여 주는 이벤트가 되었다. 이것이 이리나의 첫 작품이었다.

몇 달이 지난 후 스트레스와 피로가 겹쳐 몸 컨디션이 안 좋아서 병원을 찾았다. 진찰 결과 신장에 물 혹이 보이는데 악성일 수도 있으니 정밀 검진을 받아야 한다는 것이다. 가슴이 철렁했다. 이렇게 바쁜 시기에 문제라도 생겨 귀국하게 되면 큰일이다. 사무실로 돌아와 이리나에게 의사의 진찰 결과를 자세히 설명해달라고 했다. 그녀는 잠시만 기다리라고 하더니 백지 위에 신체 내부의 오장 육부를 자세히 그린 그림을 가지고 왔다. 그리고 신장 위치를 가리키면서 왼쪽 신장에 2cm가량의 물혹이 있다고 했다. 나는 그녀의 설명을 들으면서 모스크바대학 영문과를 나온 젊은 여자가 어떻게 신체 내부를 그렇게 자세히 그릴 수 있을까 의아했다. 나는 솔직히 50여 년을 살면서도 내 몸에 신장이 어디에 붙어있는지를 모르고 살았다. 이리나에게 물었다.

"이리나, 참 대단해요. 어떻게 신체 내부의 구조를 그렇게 자세히 숙지하고 있지요?"

그녀는 당연하다는 듯이 말했다.

"디렉터 한 우리는 어려서부터 학교에서 몸의 구조, 수영, 그리고 춤은 확실하게 배워요. 몸의 구조는 건강을 위해서 필요한 것이고, 수영은 살아가면서 혹시나 물에 빠질 경우 스스로 목숨을 구하기 위해 필요하고, 평생을 즐겁게 살아가려면 춤은 필수지요."

러시아권에서는 학교에서 이렇게 실용적인 교육을 많이 한다는 느낌을 받았다.

시간이 지나면서 이리나의 역할은 더욱 눈부셨다. 별도로 지시하지 않았는데도 그녀는 아침이면 나에게 와서 어제 있었던 회사 현지인들의 동향을 정리해서 브리핑해 주어 공장 운영에 많은 도움을 주곤 했다. 직원 교육을 할 때도 교육 내용을 먼저 숙지시켜 주면 그녀가 현지어로 교육을 효과적으로 진행했다. 우크라이나 자포로지 공장은 3년 만에 놀라운 혁신을 이룩했는데 이렇게 되기까지는 이리나의 도움이 컸다. 미모 못지않게 책임감과 전문성을 겸비한 파란 눈의 여비서, 그녀는 비서로서의 기본 소양뿐만 아니라 상사와 직원들 간의 가교 역할을 하고, 보스의 부족한 부분까지 능동적으로 보좌해서 상사를 빛나게 만드는 남다른 재주가 있었다. 어느 날 차 한 잔을 하면서 몇 가지 물었다.

"이리나, 궁금한 것이 있어. 이리나는 과거 소련 시절과 지금 중 어느 쪽이 더 좋은 것 같아?"

"글쎄요. 과거 소련 시절에는 세 가지를 주고 한 가지를 빼앗았지요. 살 집과 먹을 것, 그리고 입을 것 등 최소한의 생활을 할 수 있게 해준 대신 자유를 빼앗았지요. 지금은 살기는 좀 힘들지만 자유가 있으니 젊은 사람들은 좋아하지요."

"또 하나, 옛 소련은 과거 한때 미국에 버금갈 만큼 잘 살았는데 왜 붕괴되었는지 궁금해요."

"제 생각으로는 과거 소련은 막강한 군사력으로 이웃 나라들을 등쳐서 먹고 살았는데 이제 등칠 만한 나라도 점차 없어졌고, 결정적인 것은 세계가 글로벌화 되면서 공산주의 국가와 민주주의 국가 간의 경제력 차이가 점점 벌어져 가고 있다는 것을 국민들이 알게 되면서 더 이상 버티기가 어려웠던 것 같아요."

현명한 대답이었다.

우리는 우크라이나에 있는 동안 좋은 자동차를 만들기 위한 노력 외에 의식 개혁을 통해 그들이 지속적으로 혁신을 이어갈 수 있는 시스템을 정착시키기는 데도 힘을 기울였다. 그들이 배고플 때 고기를 잡아주고 동시에 고기 잡는 방법도 전수한 것이다.

우크라이나에 3년간 있으면서 잊지 못할 많은 추억을 남겼지만, 특히 미모 못지않게 총명하고 지혜로운 이리나는 문화와 습관이 다른 척박한 환경에서 놀라운 혁신을 이룰 수 있도록 나의 힘이 되어준 잊지 못할 추억의 여비서였다.

"사고의 틀이 크다"

··· 권남희(수필가, 한국문인협회 수필분과 회장)

작가의 역량은 세심하면서 진취적인 데 있다. 어떤 상황에 놓여 있어도 긍정적 마인드로 수용하는 점이 돋보인다. 그리고 사고의 틀이 크다.

지구 미래 환경을 생각하며 사업을 해온 만큼 늘 관찰하고 좋은 결과를 얻기 위해 노력하는 힘도 갖고 있다.

문학의 세계에서도 다양한 관점에서 세상을 바라보며 사유의 폭을 넓히기를 기대하면서 〈자연은 스승이다〉 작품을 당선작으로 결정한다.

글의 소재는 퇴직 후 시작한 세계여행이지만 가는 곳마다 그곳에서 배울 점과 아이디어를 발견해 내고 있다. 자연 속에 혁신의 아이디어가 있다며 알프스를 분석하고 세상 발명품들도 자연에서 찾아낸 사례를 들며 주제를 다각도로 잘 풀어가고 있다.

직장 생활을 마무리하고 인생 후반의 삶에 대해 진지하게 보는 계기를 만들기 위해 세계여행을 하면서 찾은 알프스는 새로운 비전을 준 큰 스승이라 말하고 있다. 작가가 말한 결미처럼 새로운 환경에서 혁신이 생겨난다며 끊임없는 탐구 정신을 꺼내고 있다. 한글날을 기념하는 신인상 작가이기에 책임감도 크다고 생각한다. 사라져가는 순우리말을 찾아내 써보는 것도 좋다.

　이미 여러 권의 책을 낸 베스트셀러 작가이기도 하기에 경험의 폭과 사유의 세계가 풍성하리라 믿는다. 이제 순수 문학의 테두리에 갇혔다는 느낌이 들기도 하겠지만 풍요로운 상상력을 바탕으로 치열하게 도전하지 않을까? 작가 정신을 감지한다.

시맥의 이모저모

– 사진으로 보다

한국시맥문인협회(대표/송윤주)를 중심으로 25명의 회원이 참석한 가운데에 서울 인사동 시가연에서 송년회를 가졌다.
대한민국 시의 맥을 이어갈 시맥인과 첫 만남, 노래와 시 낭송, 연주 공연 등 저마다 재능과 끼를 발산하면서 깊은 울림을 안겨 준 감동 그 자체였다.
"대한민국 시의 맥을 이어갈 시맥 문학의 차가운 바람이 불지라도 꺼지지 않는 등불이 되어 이 시대를 밝혀 나가리라."

이날 참석한 문우님은 다음과 같다.
김성희, 김암목, 김은희, 김평, 박정임, 박해평, 송윤주, 안중태, 연공흠, 오병태, 오세주, 오영제, 윤보영, 이서연, 이춘종, 장재설, 주선희, 차인순, 최중환, 이오동 (가나다순)

정모 번개팅를 마치며 기념 촬영으로 '파이팅!'을 힘차게 외치고 있다.

송윤주 대표가 크로아티아에서 공수해온 와인으로 "시맥이여 영원하라!" 귀빈과 함께 건배사를 외치고 있다.

사진: 왼쪽부터 연공흠 이사, 김은희 이사, 커피 시인 윤보영 고문,
　　　송윤주 시맥 대표, 오세주 수석부회장

코로나19로 좀처럼 모임을 가질 수 없었던 우리는 번개팅 모임을
가졌다.
서울 아차산역 부근에 소재한 '옛골토성'에서 번팅 형식으로 20여
명이 모여서 서로 친목과 아름다운 시가 흐르는 향연을 가졌다. 이
날에는 올해 연간 계획 발표와 임원 소개가 있었다.

참석 문우님은 다음과 같다.
김암목, 김은희, 박해평, 범대진, 송윤주, 안중태, 연공흠, 오세주,
오혜정, 윤보영, 이미옥, 이현주, 이해훈, 주선희, 최중환, 한민,
황희숙, 김봉술, 양재키, 채아청, 신호일

/ 2020.6.25. 환경 살리기 캠페인 /

전국 시인·예술인·유명 작가들이 함께 참여한 '환경살리기 캠페인'이 한강 뚝섬 유원지에서 20여 명이 정기 모임을 겸하여 실시하였다.

특히 이날 뚝섬 유원지 지역주민과 연계하여 실시한 〈시맥 환경살리기 캠페인〉 행사에서는 코로나의 아픔을 이겨내고 좋은 환경 만들기 일환으로 환경의 소중함을 지속적으로 알려 나가면서 지역과 더불어 잘 사는 사회를 만들어가기로 다짐을 하기도 했다. 시 낭송과 연주 등으로 힐링을 하며 자연과 사람이 함께 어우르지는 시간을 가졌다.

참석자는 다음과 같다.
류성춘, 이춘종, 김봉술, 김암목, 김화인, 이미옥, 오세주, 송윤주, 이현주, 오혜정, 양재키, 안중태, 장재설, 민선영

모든 행사를 마치고 송윤주 대표와 함께
주제 현수막을 앞에 두고 기념 촬영을 하였다.

장재설 서예 작가의
붓글씨 퍼포먼스는
"좋은 환경에서 좋은
시가 탄생한다"는 환
경의 소중함을 각인
시키기에 충분했다.

시민들과 함께 '환경 살리기' 행사를
마친 후 임원진은 평가하는 시간을 갖다.

/ 못다 한 이야기들 /

①정모에서 친목을 도모하는 아름다운 모습들
②송년회 시 즉석에서 재능을 펼치다.
③송윤주 대표는 한국시맥문인협회의 방향을 제시하다.
④시맥 임원진 파이팅!을 외치다.
⑤정모에 참여한 임원진 모습

시맥 전문가 낭송가 팀 결속력을 다지기 위한 회의 중
파이팅을 외치다.